De esta edición:

www.circulodetiza.es

Primera edición: abril 2017
Diseño gráfico: Rodrigo Sánchez
Impreso en España por Book Print Digital S.A.
ISBN 978-84-946299-3-8
Depósito Legal M-10880-2017

¿DÓNDE VAMOS A BAILAR ESTA NOCHE?

JAVIER AZNAR

Prólogo DAVID GISTAU

Índice

30/6/17.
Marbella.

"No habíamos conquistado África, no habíamos cazado leones. Pero sabíamos ya cómo era el mundo. Le habíamos perdido el miedo. Teníamos sus secretos. Ya lo conquistaríamos".

Un abrazo.

Mª Luisa.

El veraneo del alma

Hemingway dijo de Scott Fitzgerald que saltó directamente de la juventud festiva a la vejez amargada sin pasar por la "madurez viril". No veo en Javier Aznar riesgo de convertirse en un viejo prematuro, no mientras queden alicientes existenciales tales como la apertura de un restaurante con barman y "cocottes" acodadas en la barra, un club para caballeros en el que entrar con la gabardina húmeda o el fichaje de un nuevo crack para el Real Madrid. Pero este libro que ha escrito, y que no en vano versa sobre lo efímero –todo es efímero menos los pelmazos, todo es efímero menos el catastro–, por momentos me ha evocado la nostalgia de quien se despide de una edad.

La madurez viril según la ley de Hemingway es imposible vivirla en la calle con pretensiones de Soho de Jorge Juan siendo uno un "It-Man". Faltan paquidermos y munición. Pero Javier tal vez haya escrito lo último suyo en lo que todavía no se aprecia el peso de la siguiente edad, cuando el hombre se vuelve consciente de su finitud, cuando habla más del último médico que visitó que de la última chica que conoció, cuando las cosas o se hacen o no se harán ya, cuando hay hijos. Javier, resulta obvio al leer estas estampas suyas vitales, ligeras, sofisticadas, urbanas y bien vestidas, todavía vive en estado de veraneo. De pandilla. De novia nueva. De domingo perezoso en la cama. De disponibilidad para viajar y subirse a un avión que pasa. De fin de semana en Nueva York. En estado de calle, de Champions y de bar. Si habla de cromos de fútbol resulta que son suyos, y no de un hijo. Si habla de las cosas que le gustan, pocas son antiguas. Habla de chicas para las cuales yo ya no tendría paciencia, qué cosa fastidiosa es dedicar tanto tiempo y tanto ingenio a un enamoramiento o a liberar un enfurruñamiento. Y tiene amigos con los que juega a la Play Station mientras se dan consejos de amor, como en una comedia romántica americana en la que los amigos sirven precisamente para eso: para jugar a la Play Station mientras escuchan el desahogo sentimental del muchacho que ligó en la cola del Starbucks y no sabe ahora qué hacer para retener un sentimiento... efímero.

Por debajo de los tumultos, los amigos, los cócteles, los futbolistas, los viajes y las marcas de ropa, en los textos de Javier aparece también un solitario gambardelliano que puede encontrar fascinación, como Holden, en el arcoíris de gasolina de un charco. Tengo una noción de la elegancia muy relacionada con la soledad del "flâneur", del caminante observador, que a veces viene de una fiesta, lleno de estragos, o va a ella. Para ser un gran "flâneur", a Javier sólo le falta una dosis mínima de dolor, de melancolía, de esa madurez viril que surge cuando al veraneo de la vida de repente le asoma un septiembre. Lo pasa tan bien, tiene amigos tan divertidos y entuertos sentimentales tan fugaces, que aún necesita cierta maceración en el fracaso para alcanzar la aureola del “spleen”. Qué menos que un par de erecciones fallidas o aceptar ya, de una puñetera vez, que jamás triunfará en Primera. Es un hombre todavía no hastiado, aún apetente, que gusta a las chicas y a los camareros y tiene, para narrar lo mundano, una gracia como la de Capote en “Côte-Basque” pero desprovista de la maldad de Capote. A mí me ha llenado la tarde de un olor extraño pero familiar que me ha costado un rato identificar como el de la radiante juventud cuando se tiene un billete de cien euros en el bolsillo y una chica o un amigo con quien gastarlo. Ah, sí, no recuerdo los cromos, pero sí ese verano del alma y de la determinación en el que también estuve durante un tiempo efímero.

David Gistau

Una nota al lector

Una mañana de otoño de 2015, en el Museo de Arte Contemporáneo de Bolzano, una limpiadora se encontró en una de las salas con los restos de lo que parecía haber sido una gran fiesta: botellas vacías de champán, cajetillas de tabaco en el suelo, vasos de plástico, confeti y serpentinas. Sin dudarlo demasiado, agarró una bolsa de basura XXL y empezó a meter los restos para llevarlos luego a un contenedor.

Lo que no sabía en ese momento era que estaba desmantelando la instalación de las artistas Sara Goldschmied y Eleonora Chiari, cuya obra, una sala con los restos de una gran fiesta, pretendía ser *«una metáfora de la década de los ochenta, el fin de la fiesta del consumismo y la especulación financiera»*.

Tengo en mi casa el recorte de esta noticia. Muchas veces veo la vida parecida a esta anécdota. Una sucesión de momentos de inadvertida y efímera felicidad que, de la noche a la mañana, desaparecen ante nosotros. A veces por nuestra culpa, por un malentendido, o por el simple paso del tiempo.

Aquella obra se llamaba *Dove andiamo a ballare questa sera?*. En castellano: «¿Dónde vamos a bailar esta noche?».

Así que bailemos la última antes de que vengan a limpiar.

Jac
Nueva York, septiembre de 2016

No echaba de menos nada, salvo lo que ya comprendía que se iba llevando el tiempo.

Fernando Savater

Mi último refugio: los placeres sencillos, como encontrar cebollas silvestres al borde del camino, o como un amor feliz.

Tracy Letts

Él bebía Campari; Christiane solía tomar un Martini blanco. Bruno miraba los reflejos del sol sobre las paredes (blancas en el interior, ligeramente rosadas en el exterior). Le gustaba ver a Christiane andar desnuda por el apartamento mientras iba a por hielo o las aceitunas. Lo que sentía era extraño, muy extraño: respiraba con más facilidad, a veces se quedaba minutos enteros sin pensar, ya no tenía tanto miedo. Una tarde, ocho días después de su llegada, le dijo a Christiane: "Creo que soy feliz".

Michel Houellebecq

No se recuerdan los días, se recuerdan los instantes.

Cesare Pavese

Vértigo

Nada más llegar a Nueva York, alguien deslizó una hoja doblada por debajo de la puerta de mi apartamento. Me hizo especial ilusión recibir un mensaje así, a través de un método tan en desuso. Confieso que abrí la hoja con cierta emoción, esperando que fuera el anónimo de un psicópata con letras recortadas de revistas y un amenazante *"Sé lo que hicisteis el último verano"*. O una cita retándome a un duelo con pistolas al amanecer por alguna deuda de honor. Pero mis ilusiones se hicieron añicos tan pronto como comprobé que se trataba de una nota de la comunidad de vecinos invitándome a una fiesta.

¿El motivo? Celebrar el Cuatro de Julio y ver los fuegos artificiales. La fiesta tendría lugar en la azotea del edificio. Piso 47.

El ascensor subió tan rápido que mis oídos se taponaron, pero fingí normalidad delante de unos vecinos muy elegantes y actué como si me pasara el día subiendo y bajando rascacielos —cuando no en aviones privados— y mis oídos ya estuvieran habituados a los cambios de altitud y a las velocidades supersónicas. Siempre he pensado que, cuando uno va a una fiesta en la que no conoce a nadie, lo mejor que puede hacer es entrar mostrando esa seguridad del que se pasea en bata por el salón de su propia casa. Ya sea una fiesta en la embajada británica, en una barbacoa o en una orgía tipo *Eyes Wide Shut*. Pero que no se note que es tu primera vez. Nada de mirarlo todo embobado como un adolescente ante su primer desnudo. Como solía decir una amiga sobre las primeras impresiones: antes parecer puta que paleta.

Desde aquella enorme azotea se podía ver todo el *downtown* neoyorquino: el distrito financiero, la Estatua de la Libertad, los depósitos de agua de los tejados, la Ellis Island a la que llegara un jovencito Corleone, la misteriosa Governor's Island, la bahía del Hudson, la Freedom Tower, Brooklyn y Nueva Jersey. A esa altura, el ruido de los aires acondicionados de los gigantescos edificios era, en medio de la noche, un zumbido constante como el de un enorme enjambre de abejas. *El rugido de la bestia*. En la terraza, la brisa que llegaba del Hudson levantaba a traición el vestido veraniego de alguna invitada incauta.

Pese a ser noche cerrada, algunos vecinos iban con gafas de sol con los colores de la bandera de Estados Unidos y te invitaban a beber champán frío al mismo tiempo que te servían un generoso plato de ensalada de pollo; todo esto sin ni siquiera darte tiempo a presentarte. Retumbaba la música por los altavoces y todos parecían conocerse entre sí. Yo, mientras tanto, vaciaba copas como si contuvieran el antídoto para la enfermedad mortal de mi timidez y me puse a hablar sobre restaurantes veganos en Brooklyn con unos desconocidos.

Cuando los fuegos artificiales comenzaron a explotar sobre el East River, los teléfonos móviles empezaron a disparar sus *flashes* como un pelotón de fusilamiento. Por momentos, uno no sabía bien cuál de los dos espectáculos contemplar. La explosión de los fuegos se reflejaba en la cristalera del resto de rascacielos. Me acordé de mi madre y de cómo nos asomábamos al mirador de casa en Santander para ver cómo los fuegos parecían encender la bahía.

A aquella altura, los fuegos artificiales subían como burbujas de champán y explotaban ante nuestros ojos en virutas de colores, tan cerca que ni siquiera hacía falta aupar sobre los hombros a los niños para que los pudieran ver. No había que mirar hacia arriba torciendo el cuello, bastaba con posar la mirada al frente. Era como estar a hombros de un gigante.

A mi lado, una señora elegante —una de esas WASP con la cara estirada de Park Avenue que parecen sacadas de alguna página de *La hoguera de las vanidades*— contemplaba embelesada el espectáculo mientras su hija —una universitaria de mirada lánguida— jugueteaba con su teléfono en vez de observar los fuegos.

—No pareces muy entusiasmada —le espetó su madre con indisimulado tono de reproche.

La chica levantó la mirada de su teléfono y se quedó pensativa un momento, masticando en silencio aquellas palabras.

—¿Sabes qué? Creo que, cuando estás tan arriba, los fuegos artificiales ya no te impresionan tanto.

Y su madre se quedó callada, entre asombrada y asustada, con la reflexión de su hija milennial/nihilista.

Supongo que ese es el peligro de vivir en una ciudad como Nueva York: vivir tan arriba que ya nada te impresiona. Dejar de confundir las estrellas con carteles publicitarios y viceversa, tal y como le ocurría a Lorca cuando paseaba por estas calles.

Perder el vértigo es algo peligroso. Es una ciudad que desafía lo que escribió Milan Kundera en *La insoportable levedad del ser*: *"Aquel que quiere permanentemente llegar más alto tiene que contar con que algún día le invadirá el vértigo"*. El vértigo es un instinto de supervivencia. Si lo pierdes, estás más cerca de caer. Como el trapecista que deja de temer al vacío. Como el marinero que pierde el respeto al mar.

En una de mis viñetas favoritas del *New Yorker*, sale un grupo de mafiosos en un sótano planeando las distintas formas de torturar a un rehén que tienen amordazado y el capo sugiere de forma malévola: *"Primero dejémosle solo ante las estrellas para que sienta cuán insignificante es"*.

Siempre que las cosas me superaban —algo habitual en Nueva York— solía subir a aquella azotea. Con los oídos taponados y el viento del Hudson soplando, me asomaba y miraba hacia abajo. Y dejaba que el vértigo se apoderara de cada centímetro de mi cuerpo.

Todavía no he conocido un remedio más eficaz contra los delirios de grandeza.

La música que perdí en el taxi

En una ocasión, al salir de una fiesta, subí a un taxi junto a una chica. Tampoco es que mi vida sentimental sea tan desastrosa como para anotar en mi diario un evento semejante.

"Querido diario: Hoy me ha saludado una chica. ¿Ha sido eso un cañonazo o es el corazón, que me late?".

Lo cuento porque aquella fue una ocasión especial.

Era una madrugada de primavera. El aire cálido premonitorio del verano se empezaba a levantar por las calles, aún mojadas tras el paso del camión de la limpieza. Las casas tenían en las fachadas esa paleta de colores tan de Madrid cuando amanece, ese Madrid velazquiano, que diría Luis Carandell. Paramos un taxi en la Castellana. Ella enseguida se quedó dormida apoyada en mi brazo y yo intentaba que pareciera el brazo de un leñador para impresionarla, como si los músculos que no tenía me convirtiesen tal vez en el hombre que no soy. Uno siempre tiene ideas sorprendentemente estúpidas de madrugada. Recuerdo su pelo, que olía a frutas, frutas tropicales que solo encuentras en el *buffet* de algún hotel exótico y que luego no sabes si son comestibles. El taxista conducía en silencio, mirada al frente, con las manos fijas en el volante, enfundadas en unos guantes de rejilla sin dedos, como los que usa Ryan Gosling en *Drive*. Yo confiaría mi vida a un taxista que conduce su coche con unos guantes así. Me transmite profesionalidad y dedicación. Veo en esos detalles el compromiso y veteranía que busco en un conductor. Alguien que se toma su oficio en serio. Me provoca un efecto tranquilizador semejante al de las batas en los médicos. A mí alguien con una bata blanca me dice que me tengo que operar y yo no hago más preguntas. Aunque sea el carnicero.

Por la radio del taxi sonaba bajito la emisora de Radio Clásica de RNE. La verdad es que yo no he sido nunca un experto en música clásica. Al contrario. Mi conocimiento sobre la materia es escaso tirando a nulo. Soy de esa generación que cuando escucha el nombre de Beethoven lo primero que le viene a la cabeza es la imagen de un san bernardo gigante. Ya luego un pianista sordo.

Sin embargo, aquella música que sonaba en la radio me conmovió. En el asiento de atrás del taxi, con el aire entrando a través de las ventanillas bajadas, cruzando calles vacías, atravesando esa bajada de María de Molina con Serrano que siempre consigue moverme ligeramente el estómago, admito que me estaba emocionando por momentos. Tal vez fuera la alegre y cálida embriaguez, pero notaba perfectamente cómo la música me recorría las terminaciones nerviosas. Tenía la extraña sensación de que cada nota sonaba justo en el momento adecuado. Todo fluía. Todo estaba en orden. La melodía que inundaba el taxi había hecho un clic en mi cerebro; mis pensamientos y mis sentidos, que a menudo van cada uno por su lado, encajaron como las piezas de un puzzle.

Cuando acabó la sinfonía, el locutor musitó el nombre de la obra con ese tono bajo e inaudible que usan los locutores de radio taciturnos cuando sospechan que no hay nadie al otro lado escuchándoles y parece que fueran a pegarse un tiro nada más cortar la emisión: "Y esto era Sibelius. Opus *ghthshtr* [interferencias]. Variación *sfwrrecer.* Piano. *Asdiofjioff* [nombre incomprensible]". No pude enterarme por mucho que agucé el oído.

Al día siguiente me desperté con la energía propulsora con la que se amanece cuando uno se cree medio enamorado. Compré los periódicos con todos los suplementos, hice planes para todo el día y desayuné copiosamente en la cocina. Mientras bebía el café, intentaba localizar la obra de la noche anterior. Tras explorar en vano toda la discografía de Sibelius, comprendí que necesitaba ayuda. Llamé a un amigo experto en música clásica al que intenté replicar la armonía que me explotaba en la cabeza. Pero pese a mis esfuerzos interpretativos, no consiguió identificar la pieza.

Era momento de pasar al plan B.

Compré un disco de Sibelius y quedé de nuevo con aquella chica. Fuimos a cenar, nos tomamos unas copas, nos metimos en un taxi y entonces le pedí al taxista que pusiera ese disco mientras dábamos vueltas por Madrid. Los psicólogos llaman a esto terapia de regresión. Intentaba que, recomponiendo aquella misma escena, rehaciendo los mismos pasos que había dado esa madrugada, una campana volviera a sonar en mi cabeza. Que el sonido emergiera de las lagunas del olvido.

El taxista me miró raro. Ella me miró raro. Por supuesto, no expliqué nada a ninguno de los dos. "¿Qué te parece formar parte de un experimento de regresión para intentar recuperar de mi memoria una obra de un compositor finlandés que escuché en el taxi de madrugada mientras tú dormías como un tronco y yo te olía el pelo?".

No había forma de dar con la sinfonía. Sabía que tan pronto como la escuchara la reconocería al instante, como a un sospechoso habitual en una rueda de reconocimiento. Empezaba a desesperar, la música era solo ruido, ni rastro de armonía. Pero no aparecía. Decía Ray Loriga que la memoria es el perro más estúpido: le tiras un palo y te trae cualquier otra cosa.

Muchas veces me he preguntado si realmente escuché aquellos acordes. Si esa pieza de Sibelius que yo sentí más que oí no fue sino una versión potenciada y adulterada de otra composición que ya he vuelto a escuchar mil veces, pero que siempre me pasa desapercibida. Si no fue todo una suerte de alucinación que produjeron en mí las neuronas por estar medio enamorado, en primavera, por el olor de su pelo, por esa sensación de que las cosas por fin marchan como uno quiere, por el amanecer en Madrid, por la perfecta sincronía con la que nos saludaban los semáforos. Por la felicidad. Por los guantes de rejilla.

Dicen que cuando Beethoven se quedó sordo (el pianista, no el san bernardo) serró las patas de su piano y empezó a aporrearlo para intentar distinguir las notas según la vibración que producían en el suelo. Yo estaba intentando hacer lo mismo: replicar un estado al que ya no podía volver a puro golpetazo. Y solo los genios pueden salir airosos de ciertas empresas.

Me compré más discos de Sibelius. Me subí a más taxis. Hubo más chicas y más madrugadas pidiendo a taxistas aleatorios que pusieran Radio Clásica. Pero no volví a escuchar esa música. Me obsesioné con ella como el capitán Ahab con Moby Dick. O como el periodista Robert Graysmith con el asesino Zodiac. Se hizo humo. Explotó como una pompa de jabón en cuanto la quise tocar con los dedos.

No sé muy bien qué fue de aquella chica. No tener Facebook es la mejor herramienta que conozco para no caer en el pozo de la nostalgia. Tan solo espero que no esté leyendo este libro, para que no me recuerde a partir de ahora como el psicópata que olfateaba su pelo frutal cuando ella dormía. Esa es una fama difícil de borrar.

Desayuno incluido

Y entonces supe que era la mujer de mi vida.

Me levanté de la mesa de aquel restaurante masticando un trozo de filete con la urgencia del que acaba de resolver el teorema de Fermat. Dejé veinte euros a mis amigos y salí escopetado a la calle. No sin antes ofrecer un vergonzoso forcejeo con la puerta de cristal, como si bailara con ella un vals torpón propio de un recién casado. Me temo que jamás aprenderé a dominar de forma instintiva lo de *empujar* y *tirar*. Que no donen mi cerebro a la ciencia.

Paré el primer taxi que vi por la calle.

—¡Rápido, al aeropuerto! —dije señalando con mi dedo índice el infinito que se abría a través del parabrisas, como si fuera Cristóbal Colón o Moisés separando las aguas del mar Rojo.

El taxista, sin embargo, parecía obstinado en encontrar lagunas en mi improvisado plan.

—¿Pero a la T4?

Aquello me pilló completamente en fuera de juego.

—No tengo ni idea. Solo sé que vuela a Roma. ¿Eso dónde es?

—¿Roma? Italia.

—No, coño. Que de qué terminal salen los vuelos a Roma.

—Ah, ni idea. Eso depende de la compañía, ¿no?

Nervioso, empecé a teclear en mi *smartphone*, buscando información del vuelo mientras daba gracias a Steve Jobs por no vivir en 1995. Notaba mis dedos inseguros, como en aquellos exámenes de historia en los que tenías que empezar a inventarte un momento histórico tras una pregunta hecha a traición y acababas escribiendo un novelón de entreguerras conmovedor. Tras navegar a la deriva por la página de Aena, finalmente di con el vuelo: apenas quedaba una hora para el embarque. Había que darse prisa. O la perdería. Para siempre.

Existe una regla inversamente proporcional entre la urgencia que tiene uno y la pericia al volante del taxista que te ha tocado en suerte. Y eso es algo que todo usuario habitual de taxis puede notar al instante. El conductor novato jamás acierta a parar a tu altura, pone los *warning* en un exceso de prudencia y se gira para hablar contigo cara a cara, mostrando una inquietante amabilidad, justo antes de soltar a modo de aviso: "Es que llevo poco tiempo con el taxi, ¿sabe?".

Aquel taxista apestaba a novato. Llevaba no más de una semana. Todavía no sé si con el taxi o directamente con el carnet de conducir.

Llegamos con apenas cuarenta minutos para el embarque. Tiré un billete al taxista, pero esperé pacientemente las vueltas. Cincuenta euros son cincuenta euros. Tampoco era cuestión de volvernos locos. Ni yo era millonario ni aquello era Las Vegas.

Intenté llamarla por teléfono, pero saltaba el contestador. Corrí hacia el detector de metales. Ya era mi única opción.

Y ahí estaba ella. A punto de pasar al control, con la tarjeta de embarque en la mano. Grité su nombre. Se dio la vuelta. "No te vayas. Quédate". Lágrimas.

Besos. Tequieros.

¿Pero qué hace uno después de una escena así? ¿Cuál es el siguiente paso? ¿Cómo continúa su vida? En las películas románticas, los protagonistas se besan al final como estrellas del cine en blanco y negro, comienzan a sonar los primeros acordes de una canción moderna, la cámara se va alejando, se abre un plano general de la ciudad —Manhattan tal vez— llegan el *the end,* los títulos de crédito, la gente se levanta de sus asientos, pisan palomitas, sus ojos se adaptan de nuevo a la luz, van al cuarto de baño, comentan someramente la película de vuelta a casa en el coche. "Está bien para pasar el rato", "Es simpática", dirán al día siguiente en la oficina. Tal vez se vuelvan a acordar de aquella película cuando se encuentren con la carátula del DVD en un VIPS. O cuando vean al actor guapo en alguna otra película similar. Y ya está.

Yo, sin embargo, estaba atrapado en una película romántica en la que nadie parecía dispuesto a gritar "¡Corten!".

Agarré su bolsa de mano y nos pusimos en marcha. Sin saber muy bien adónde. Ambos estábamos borrachos de adrenalina. Nos quedamos en uno de esos hoteles tristes cerca del aeropuerto. Enseguida empecé a sentirme culpable. Por todo y por nada. El miedo colonizaba cada centímetro de mi cuerpo. Un angustia se iba apoderando de mi pecho. Ella lo notó. Bajé solo a fumarme un cigarro para calmar los nervios. Al subir, nos miramos, pero no nos dijimos nada. No hacía falta. Los dos ya lo sabíamos.

Al día siguiente, a primera hora, la acompañé al aeropuerto en silencio. Pagué el billete del primer vuelo a Roma. Nos despedimos educadamente, nos deseamos suerte, nos besamos en las mejillas. Arrastrando los pies, volví al hotel. A fin de cuentas, el desayuno estaba incluido.

Las mejores fiestas acaban en la cocina

Hace frío esperando fuera del restaurante. Doy pequeños saltos sin despegar los pies del suelo, como un tenista esperando para restar. Unas luces espantosas cuelgan de los árboles. Es admirable la capacidad que tiene el encargado de escoger estas luces navideñas para conseguir superar cada año al anterior en espanto y atrevimiento. Siempre me he imaginado al tipo encerrado desde septiembre en su despacho del Ayuntamiento hasta altas horas de la madrugada, peinando el mercado mundial de bombillas navideñas en su impenitente búsqueda de las bombillas más siniestras de todo el continente.

Una señora mayor sale del restaurante y se queda junto a mí contemplando las luces de Navidad mientras enciende un cigarro. "Deberíamos copiar a los franceses, que saben mucho de decorar". A continuación me dice que hace más de veinte años que no va a Francia y que odia a los franceses porque son unos esnobs que se consideran superiores y silban a Nadal, y mira, por ahí sí que no. Se va sin despedirse.

Destapo ligeramente uno de mis guantes para mirar mi reloj. JJ se retrasa y yo empiezo a tener mucho frío. Un grupo de chicas Erasmus, ataviadas con gorros de Papa Noel y cuernos de renos, interrumpe mis pensamientos. Bailan y festejan. Una trastabilla con un bolardo de la calle mientras me grita "¡Feliz Navidad!" a una distancia amenazadoramente cercana. Me tiende una petaca. Tentadora oferta que rechazo cortésmente.

—¡Es Jagger! —me dice como si me estuviera ofreciendo mojar mis labios en el néctar de los dioses.

Viene a mi cabeza la canción *Erasmus borrachas,* de Francisco Nixon.

Erasmus borrachas que llevan sandalias,
Erasmus borrachas levantan la falda.

Tienen pinta de ser holandesas. Pregunto a mi nueva amiga, la de la petaca, que incomprensiblemente tiene pinta de ser la más sensata o la que va a vomitar más a largo plazo, que de dónde son.

–De Suecia –responde en un castellano que parece un potrillo aprendiendo a levantarse por primera vez.

"Suecia. Buen olfato, muchacho. Cualquier día te llaman de Scotland Yard".

Sigo esperando a JJ. Hay que ser verdaderamente impuntual para conseguir que yo esté esperando a alguien. Ojalá fumara para al menos poder llevarme algo caliente a los labios mientras me congelo aquí fuera.

Aparece a lo lejos JJ con su halo de despistado. Cogiendo el cigarro de esa forma tan años veinte. Hace poco vi una película de Woody Allen con Colin Firth en la que uno de los actores fumaba igual que JJ. No podía dejar de pensar en ello cada vez que aparecía en la pantalla. El pelo alborotado. Solo él es capaz de dar la impresión de haberse peinado en un interrogatorio de la policía y conseguir mantener cierto encanto. Ya lo decía Alvite: "*Las chicas monas y decentes siempre se casaron con el muchacho al que le sienta bien la ropa de tenista, pero en el fondo no le quitaron el ojo al tipo rudo y baqueteado que siempre parece que viene de peinarse a bofetadas durante un interrogatorio en comisaría*". JJ es alto, se cimbrea al andar, lleva un abrigo largo y una nube de humo le envuelve siempre. No te puedes enfadar con JJ, tiene los mismos ojos que el perro que nunca tuve en mi infancia.

—Disculpa la tardanza. Lo acabo de dejar con Inés. Ha sido todo un poco traumático.

Inés es su novia de los últimos 58 días. Se conocieron por Tinder. Al cuarto día de conocerla me preguntó qué historia podía inventarse para contar a sus hijos cuando les preguntaran cómo se conocieron. Así es JJ. "Traumático", dice.

—¿Te importa esperar un rato aquí fuera mientras me fumo un cigarro? Me viene bien un poco de aire frío. Es bueno para el cutis. No todos tenemos tu piel de *geisha*.

Me miro de reojo en el escaparate que tenemos enfrente.

—Siento lo de Inés. Realmente parecía buena chica.

Digo esto como el que comenta con un extraño el tiempo en el ascensor. Qué coño voy a decir. Con las novias fugaces de JJ uno siempre tiene la sensación de estar invitado a un funeral de alguien a quien no conocías de nada. Hago repaso mental de los escasos datos que realmente sé de Inés tras una cena exprés en la que se pasaron toda la noche acaramelados: morena, mide menos de 1,70, media melena, bebe ron con Coca-Cola, lleva pendientes asimétricos como si los hubiera elegido a oscuras (nota: no le hace demasiada gracia que le pregunten si se pone los pendientes a oscuras). Su libro favorito es *El curioso incidente del perro a medianoche,* gasta en Asos *más de lo que debería,* sus últimas vacaciones de verano las pasó en las islas griegas, estudió Arquitectura pero trabaja en una consultora, tiene los dedos llenos de anillos de esos que ahora se ponen en la falange, usa turbante en invierno, lleva las uñas muy cuidadas, fuma, tiene ojeras, habla demasiado de su trabajo y de la gente de su trabajo, dientes perfectos, se ríe con todas las partes del cuerpo, es lista, tiene una hermana, pasa los veranos en Galicia.

En fin, los restos de otro naufragio.

JJ se queda mirando el escaparate de una tienda de cocinas que tenemos delante.

—¿Qué quieres por Navidad? ¿Lo has pensado ya? –me pregunta sin apartar la mirada de la tienda.

Antes de que responda, saca otro cigarro y se lo enciende. Es posible que nunca entremos en el restaurante, que antes él muera de cáncer de pulmón y yo de hipotermia.

—¿Sabes qué quiero yo por Navidad? Esto. —Y da un golpecito con los nudillos al cristal.

—¿Una cocina?

—Sí. Una cocina. Una cocina exactamente igual que esta. Tal cual. Sin estrenar. Sin pasado. Sin manchas. Sin marcas. Sin platos rotos. Sin grifos goteando. Sin trapos sucios. Sin periódicos de ayer. Sin el reloj del horno parpadeando en 00:00. Luminosa. Silenciosa. Espaciosa.

Con unas piñas de decoración en un plato rectangular en la encimera. Y con muchas botellas de vino a una temperatura perfecta.

Los dos nos quedamos en silencio mirando la cocina, tibiamente iluminada por una luz que parece provenir de una chimenea.

—Me da miedo aburrirme de todo últimamente. Me cuesta leerme las columnas de los periódicos. No soporto los telediarios. Las canciones me parecen muy largas. Me duermo en el cine. Ya me he aburrido en esta cena de Navidad antes siquiera de empezar. Ni yo mismo me aguanto a veces. Quiero algo como esta cocina. Que alguien de fuera, como nosotros ahora, me vea por el cristal cenando *pizza* con una chica, en unos elegantes platos, y que se lleve ese momento perfecto a casa sin saber nada más. Solo eso. No sé si me entiendes. Llevo ya un par de vinos de antes.

Me quedo callado un rato.

Entramos en el restaurante. El dueño probablemente contratara de decorador al de las bombillas en el momento más duro de su experimentación con las metanfetaminas. Nos sentamos en la mesa. Somos los últimos. Es una de esas multitudinarias cenas de Navidad en las que al final terminas hablando solo con quien tienes enfrente, aunque no sepas quién es ni te interese llegar a saberlo. Pido una ensalada y una Coca-Cola Light, pero no tengo demasiada hambre.

Al salir, nos despedimos del resto y nos quedamos mirando de nuevo el escaparate. En silencio. Veo nuestras siluetas reflejadas en el cristal. Ninguno de los dos sabe si el otro está llorando por el frío.

La chica que lloraba ginebra

If it's the beaches,
If it's the beaches' sands you want,
Then you will have them.

If It's the Beaches, The Avett Brothers

I.

Todo empezó en una playa.

II.

Bueno, no.

Todo empezó en una biblioteca.

Porque él siempre escogía la época de exámenes en la biblioteca para enamorarse fatalmente de alguna chica cuyo nombre ni sabía ni llegaba a saber nunca.

Empezaba estudiando los apuntes y echando un vistazo furtivo a la chica de turno y terminaba estudiando a la chica y echando un vistazo furtivo a los apuntes. Y así le iba, que luego él suspendía y la chica de turno aprobaba todo y se marchaba de prácticas a Google, a un hospital de Nueva York, a un despacho de abogados de esos con dos apellidos unidos por una elegante "&" y el sueldo equivalente al presupuesto nacional de Nueva Zelanda, o al estudio de Norman Foster; ya saben, los típicos sitios en los que para entrar necesitas superar las doce pruebas de Hércules, dominar alguna lengua muerta y demostrar tu virtuosismo con el violín, esos sitios en los que a él no le habrían dejado entrar ni con una orden de registro del FBI.

Luego le decía a su madre que no pasaba nada, que la liga estaba ganada, que más se perdió en Cuba y volvieron cantando, que siempre les quedaría París y septiembre, que él era un corredor de fondo.

Y su madre le respondía: "No, hijo, no eres un corredor de fondo. Lo que pasa es que eres un imbécil en el fondo, que es una cosa muy distinta".

III.

Todo empezó, como iba diciendo, hace bastantes años. Era uno de esos días de cuasiverano de Madrid en los que uno trata inútilmente de concentrarse en los tediosos apuntes —¿y cuáles no son así en esa época del año?— mientras su mente se encuentra en una fiesta hawaiana con chicas con bikinis de cocos bailando canciones de los Beach Boys.

Lo típico que uno hace en verano, vaya.

IV.

Y en uno de esos descansos de tres horas que solía hacer con un amigo en el bar de enfrente para leer el *Marca*, conoció a una chica con una camiseta a rayas en la que se había fijado en la biblioteca. Ella estaba con dos amigas. Empezaron tomándose un pincho de tortilla y acabaron todos tomando unas copas en un tugurio con una música *chill-out* espantosa y decoración futurista, que era lo único que estaba abierto aquel martes de exámenes. Pero todos parecían poseídos por el espíritu de Carlinhos Brown en los Carnavales de Río. Era cuando se bebían la vida a tragos largos y la gente llevaba pulseras amarillas de Lance Armstrong.

Ella aprobó todo. Él no.

Ella veraneaba en Santander. Y quedaron en verse.

V.

La primera semana de agosto fueron a la playa.

"¿Por qué llevas la parte de arriba del bikini distinta de la de abajo? Es bastante absurdo. De hecho, parece como si te hubieras vestido a oscuras y te hubieras confundido", le preguntó con curiosidad sincera.

Ella no se rio.

Ella, mirada de langosta mutante asesina. Y un silencio incómodo.

Y las gaviotas huyendo ante el estallido inminente. Y las olas del mar en silencio.

Aquel día aprendió una valiosa lección: *JAMÁS comentes el modelito de una chica.*

Años más tarde aprendería otra: *JAMÁS te refieras como "modelito" al* look*/ atuendo/conjunto/disfraz/vestido/bikini/ ropa de gimnasio/pijama/sombrero/poncho/zapatos de una chica.*

Siempre fue de aprendizaje lento.

VI.

Fueron a cenar al Marucho. A ella le gustaron las croquetas de centollo. Pidieron vino blanco y lo bebieron como si tuvieran que agotar las existencias. Salieron a la calle. Y sintieron esa agradable corriente de aire como cuando abres el frigorífico de casa una noche calurosa de verano.

Piel de gallina.

"Te estás pelando", observó él con su tacto habitual señalándole el brazo, con su tacto habitual.

"Es verdad", replicó ella. Y a continuación, de forma inesperada, se arrancó esa tira de piel del brazo —unos once centímetros—, como si fuera una serpiente mudando de piel.

En otras circunstancias, él habría puesto una mueca de horror y espanto ante tan grotesco espectáculo y luego habría salido corriendo como alma que lleva el diablo al grito de "¡Leprosa!, ¡leprosa!, ¡leprosa!".

Pero ella se rio diciendo: "*Puaaaggghhh,* qué asco, ¿no?". Y puso ojos de ardilla (muérete, Langosta Mutante Asesina) y estaba con esa belleza particular que solo alcanzan las chicas en verano o tras la primera copa. Entonces una reconocible voz cazallera empezó a sonar en el fondo de su cabeza: "Cuidado, chaval, te estás enamorando".

VII.

Enamorarse.

"Enamorarse es una cursilada", dijo él a la mañana siguiente mientras jugaba en calzoncillos con un amigo al Pro Evolution Soccer de la Play.

Porque nada une y ni favorece más una conversación entre dos buenos amigos que un vibrante Chelsea-Inter de Milán de 40 minutos en gayumbos.

Siempre he pensado que los jefes de Estado deberían quitarse los pantalones y solucionar sus conflictos y tensiones internacionales echando un partido al Pro. Obama contra Putin, una bolsa de patatas fritas y una botella de Coca-Cola de dos litros. Y todo solucionado. O jugando al póquer en calzoncillos, como solía hacer su amigo George en Granada.

"Nosotros somos del norte. Nosotros no nos enamoramos".

Y pronunció ese *Nosotros no nos enamoramos* como si fuera una palabra con tutú rosa, un lazo y que comiera *cupcakes.*

VIII.

Le grabó un disco. Lo tituló: *El mejor disco de verano jamás grabado en la historia contemporánea* (lo que tampoco tiene mucho mérito si tenemos en cuenta que el primer *compact disc* grabable se inventó en 1990).

Nunca fue muy bueno escogiendo títulos.

El disco arrancaba con *Ask*, de los Smiths; la mejor canción para empezar un disco de verano. Y ella dijo que, efectivamente, era el mejor disco de la historia reciente. Incluso si se remontaban a antes de 1990.

"Buscamos emoción y producción de feromonas, y hay tipos de música que fueron concebidos especialmente para este propósito: para llevar señoras guapas a desordenar camas. Pueden incluir piezas románticas, lentas y baladas pop, pero sin pasarse: no somos unos blandengues. Somos rebeldes con gusto; duros con alma", dejó escrito Kiko Amat sobre los discos grabados a chicas.

IX.

Un día estaban tumbados en la playa. De fondo se escuchaba a un grupo de chicos jugando a las palas. A las palas de verdad. Se podía escuchar oír ese sonido rápido, seco y hueco, ese sonido a *knock, knock, knockin' on heaven's door*.

"Me encanta cómo suenan las palas. Creo que podría quedarme escuchándolo toda la vida", dijo ella.

Y él pensó que eso era lo más bonito que se le podía decir a un santanderino.

X.

Él odiaba (y odia) los fuegos artificiales. Ruido, gente, masificación, explosiones Pero habían quedado todos y, como ella iba, no le quedaba más remedio que asistir.

—¡Me encantan los fuegos artificiales! ¿A ti no? —preguntó ella, tomando un helado y con los ojos fijos en el cielo.

—¡Me encantan! —respondió él, sin dudar un instante. Y nadie de los del grupo pareció darse cuenta.

XI.

Una noche ella se quedó mirando una playa y empezó a hablar.

—A veces me da miedo olvidarme de mi padre. Y me enfado con mi memoria. Por eso ahora como pescado azul como una loca, porque leí que el omega 3 es bueno para la memoria. Ojalá tuviera tu memoria de elefante.

—Bueno, en realidad es un mito eso de que los elefantes tengan buena mem...

—Cállate, merluzo.

Y señaló la playa.

Cuando era pequeña, una vez fui en barco con mi padre y con mi hermana Patricia. Ella llevaba un bañador de Minnie bastante ridículo. Estaba muy morena. Negra. Siempre jugábamos a un juego que llamábamos el tiburón. *Mi padre paraba el bote, se tiraba al agua y nosotras nos quedábamos en el barco en silencio, en tensión, hasta que de repente él emergía del agua en el sitio más inesperado. Mi hermana me agarraba tan fuerte que los dedos se le ponían blancos. Esos segundos sin mi padre, sin saber dónde estaba, eran lo más terrorífico de todo. Cuando volvíamos, le pregunté a mi padre que cuánto me quería. ¡Y no me llames cursi! Yo entonces tenía obsesión por cuantificar las cosas. Por ejemplo, me encantaba pensar que el disco* Thriller *de Michael Jackson había vendido 40 millones y me imaginaba a todos los ciudadanos de España, a todos y cada uno de ellos, con un* Thriller *en la mano. Cuantificar las cosas es importante.*

Así que le pregunté:

—Si me cayera ahora al agua, ¿irías detrás?

—De cabeza.

—¿Aunque hubiera tiburones?

—Aunque hubiera tiburones.

—¿Aunque hubiera orcas asesinas?

—Aunque hubiera orcas asesinas.

No me debieron de resultar del todo satisfactorias sus respuestas, de modo que pensé un rato y volví a la carga.

—Y si alguien me secuestrara y solo me liberara con la condición de que contaras TODOS los granos de arena de esa playa, ¿lo harías?

—Los contaría.

—¿Todos?

—Uno a uno.

—¿Aunque tardaras un montón de tiempo?

—Aunque me llevara toda la vida. Entonces ya me quedé tranquila.

Ella se quedó callada un momento y enseguida siguió hablando.

—Ahora mi padre no está. Ya no saldremos en barco. Ya no jugaremos al tiburón. Ya no saltará detrás de mí si me caigo al agua con orcas asesinas. Pero la playa sigue ahí intacta, con sus granos de arena. Y a veces se me borra algún gesto de su cara. O el olor de su jersey. Y me pongo nerviosa. Y me enfado. Pero entonces pienso en una playa y me tranquilizo. Porque me acuerdo de ese amor infinito que no borrarán ni el tiempo ni el mar ni el viento ni la lluvia.

"Y no, no estoy llorando. Es ginebra esto que me sale por los ojos. He bebido demasiado".

"Y yo quiero a alguien que me quiera así. Que cuente todos los granos de arena por mí. A lo mejor te parece una tontería todo esto".

XII.

Ahora él cada vez que va a una playa se acuerda de la chica que lloraba ginebra.

En Santander y en Santa Bárbara y en Mikonos y en Sanxenxo y en Cádiz y en Malibú y en Formentera.

Años después, él encontraría en un puesto de libros un cómic de Calvin & Hobbes llamado *Partículas subatómicas en un grano de arena en una playa infinita* y lo compraría para regalárselo algún día.

Un día que nunca llegó.

Ojalá que haya encontrado a alguien que cuente por ella las partículas subatómicas de un grano de arena de una playa infinita.

XIII.

Todo acabó en una playa.

Mientras los demás duermen

Justo cuando decidimos que cenaríamos *pizza,* empezó a llover. Dijiste algo de tu pelo y echaste a correr tapándote la cabeza como si estuviera cayendo aceite hirviendo del cielo. Paramos en una licorería para comprar una botella de vino blanco. Yo quería *riesling,* tú algo que no costara más de 20 dólares. "Sang catalana", dijiste guiñándome un ojo. En Neapolitan Express pedimos para llevar una *pizza* con rúcula, albahaca y otros brotes verdes cuya existencia desconocía. Aquello tenía el aspecto de un trozo de césped arrancado de un campo de golf, pero tú parecías encantada con la caja de la *pizza* bajo el brazo. Le pedimos al chico que tenía los brazos manchados de harina que nos regalara un par de vasos de cartón para bebernos el vino. Como decía F. Scott Fitzgerald, por fin confluíamos con Nueva York y la arrastrábamos detrás de nosotros al atravesar cada portal. En España era de madrugada y yo aquella tarde me sentía el hombre más afortunado del mundo por estar andando contigo entre rascacielos, cruzando la ciudad como dos rompehielos mientras los demás dormían. Fuimos a mi terraza. Teníamos el pelo mojado. Una cortina de agua empapaba todo Nueva York. Desde la ventana podíamos ver las luces de los edificios y los barcos oscilando titilantes en la bahía como patos de goma en la bañera. Jugamos a adivinar los nombres de los puentes y yo gané. Nos conversamos la botella, como dicen los chilenos, hablando de libros. Pronunciabas Zweig de manera muy profesional, como si fuera una palabra secreta de ataque para tu pastor alemán. Cuando te fuiste, porque siempre te ibas, me llevé tu vaso vacío de cartón y lo dejé sobre la encimera de la cocina. Y ahí se quedó, no sé muy bien por qué, tu vaso como un florero vacío, mientras los días pasaban y el tiempo se marchitaba. Creo que nos hacíamos compañía. Yo era el náufrago Tom Hanks y él, mi Wilson. A simple vista era un vaso vacío, pero si me asomaba al fondo podía ver en él tus ojos grandes, las montañas rusas de Coney Island y las escaleras del Whitney Museum. El día que tuve que vaciar el piso, solo quedó el vaso sobre la encimera de la cocina, como el marco alrededor de la mirilla de la puerta en el último capítulo de *Friends*. Hice una foto. Y cerré la puerta. Para siempre. Como una vez me explicaron que hay que cerrar las puertas.

Los chicos no lloran

Hay ocasiones en las que quedas tan en ridículo delante de un desconocido que piensas que tu única salida pasa por tener que deshacerte de esa persona. Algo rápido e indoloro. Que parezca un accidente. Luego ya vuelves a recuperar el sentido común. Pero por unos instantes es tal tu estrepitosa manera de tocar fondo que pasar treinta años en la cárcel te parece un precio más que razonable a cambio de recuperar los pedazos rotos de tu dignidad.

Algo así me ocurrió en un avión la semana pasada. A mi lado viajaba una mujer que revisaba un informe con muchos colores y gráficas en su iPad. Siempre me entra un terrible cargo de conciencia cuando tengo que viajar al lado de gente que trabaja muy concentrada. Al poco de despegar, cuando pasaron con el carrito de las bebidas, pedí un café. Me sorprendió que me dieran un vaso de Starbucks. Estaba ensimismado pensando qué tipo de acuerdo habrían firmado Starbucks y Delta Airlines —¿pagaba Starbucks?, ¿pagaba Delta Airlines?— y derramé un poco de café en los pantalones de mi vecina de asiento al tratar de posar el vaso en la mesa plegable. Tras las pertinentes disculpas por mi torpeza y un momento realmente incómodo, ella pareció tomárselo con resignada educación.

Calmadas las aguas, me puse a leer mi libro. Al rato llegó el momento de la comida. Creo que soy la única persona del mundo que realmente disfruta con la comida de los aviones. "¿Pollo o pasta?". *Win-win.* Ojalá todas las elecciones en mi vida fueran siempre así de sencillas. La bandeja venía con un inocente sobrecito de salsa cóctel para acompañar una ensalada. Cuando fui a apretarlo —tras haberle practicado una pequeña incisión—, un inesperado chorro salió disparado en dirección, cómo no, a mi vecina y manchó su blusa de un rojo escarlata, de forma que parecía que acababa de recibir un disparo en una película de bajo presupuesto. Lo peor de todo es que ese pensamiento me había cruzado la cabeza instantes antes de que sucediera, algo así como un fatal pálpito: "¿Cómo de horrible sería que ahora saliera disparado un chorretón de esta asquerosa salsa y volviera a manchar a esta pobre chica de nuevo? ". Si ni siquiera tenía la menor intención de comerme aquella ensalada. Supongo que a veces tan solo quiero poner a prueba las leyes del universo.

Como aún me quedaban por delante 7 horas de vuelo con esa persona a mi lado, decidí empezar a ver una película, con el firme propósito de quedarme tranquilito y sin moverme. Porque, a la velocidad a la que estaban desarrollándose los acontecimientos, mi vecina podía acabar saliendo del avión cubierta de brea y plumas. Así que opté por encasquetarme mis auriculares, atarme la manta roja a modo de camisa de fuerza y ponerme una película romántica de Anne Hathaway.

Entonces fue cuando toqué fondo: inesperadamente empecé a llorar mientras veía la película. Lo inexcusable es que todavía no había llegado ni al minuto quince, es decir, cuando todavía todo marcha bien en una película romántica, cuando te muestran lo felices que son todos, lo bien que les va y tú te preguntas cómo diablos pueden pagarse esos pisazos en medio de Manhattan. Todavía ni siquiera tenía una razón legítima para ponerme a llorar. Pero ahí estaba llorando —la barbilla temblorosa—, mientras mi vecina de asiento me miraba de reojo entre asustada y asombrada con el tipo que le había tocado al lado.

Aquí conviene aclarar que habitualmente no lloro viendo películas. No es algo de lo que presuma. Simplemente es un hecho. Lloré con *Toy Story 3* y creo que poco más. Pero en los aviones la cosa cambia. No sé qué me sucede, que soy mucho más proclive a llorar viendo una película a miles de metros de altura. La última vez que me ocurrió fue con una película en la que Liam Neeson se pasa todo el tiempo destruyendo una ciudad y pegándose tiros con Ed Harris. En fin, que tampoco era precisamente *La vida es bella*. Luego, en cambio, veo *El hijo de Saúl* en el cine y no derramo ni una lágrima aunque a mi alrededor toda la sala parezca un funeral.

¿Por qué lloramos en los aviones? Creo que porque estamos solos con nosotros mismos, sin distracciones, en un sitio donde no tienes control de nada. Porque muy dentro de ti, en el fondo, abajo de esas escaleras que conducen a los oscuros sótanos de tu cerebro, sabes que, si ese avión cayera de repente, habrías dejado muchas cosas por hacer y otras tantas por decir. Lloras porque estar sentado en un avión sin nada que hacer es lo más parecido al diván del psicoanalista que tenemos los que creemos que estamos bien. Lloras por los recuerdos de otros viajes —esos viajes con amigos que ya no están para ti—, por esas novias que se fueron o que nunca llegaron y que fugazmente pasan de nuevo por tu cerebro como viejos fantasmas, viendo el mismo escenario; en definitiva, por todas las personas que ya no te están esperando. Lloras por el inconfundible olor a avión que vuelve a sacar a flote el recuerdo de aquella aterradora primera vez que viajaste solo de niño, cuando conociste la sensación de la soledad. Lloras por estar rodeado de gente extraña que siempre parece tener su vida resuelta, esos *hombres prácticos* de los que hablaba Karmelo Iribarren. Lloras sin necesidad, desde el asiento del pasillo, sin poder ver por la ventanilla, encogido por un vértigo invisible. Lloras porque el avión es una metáfora de la vida: crees que lo tienes todo controlado hasta que viene la primera sacudida. Lloras porque el cretino del asiento de al lado te ha manchado con salsa cóctel y ahora hueles a langostino. Lloras porque estás en tierra de nadie y a Anne Hathaway nadie la quiere.

En mitad de la película, la mujer de al lado me ofreció un kleenex. "Pero, por favor te lo pido, intenta no mancharme al sonarte".

Historia de una escalera

La casa está en un cuarto piso. Sin ascensor. El primer tramo de escaleras, el que se ve desde la entrada, es de mármol, señorial. Luego gira y ya todo el resto es de madera. Me recuerda a esa gente que hace entrevistas por Skype con chaqueta y corbata, pero luego está en calzoncillos si miras por debajo de la mesa. Me gusta el roce de la barandilla —también de madera y ya algo desgastada— al pasar mis manos.

Mi padre lleva años, creo que desde que tengo uso de razón, intentando por todos los medios que instalen un ascensor. Yo le apoyo firmemente. A fin de cuentas, mis padres ya van cumpliendo años y necesitan un ascensor para no deslomarse subiendo las maletas al volver de un viaje o cuando vienen cargados con bolsas de hacer recados. Es cierto, además, que el piso se revalorizaría sustancialmente con un ascensor. Dicho todo esto, una inconfesable parte de mí desearía que la escalera se conservase tal y como está ahora. Esto no me he atrevido a decirlo en voz alta. Ya arrastro en mi familia bastante fama de ser una persona alérgica a cualquier tipo de cambio como para quejarme ahora cuando ni siquiera vivo ahí. Siempre aprovechaban cualquier ausencia mía —cuando me iba de viaje o de campamento— para hacer obras, pintar o cambiar unos muebles de lugar, porque yo por sistema me oponía frontalmente a cualquier tipo de modificación. La importancia de algunos objetos va mucho más allá de su simple función decorativa. Son elementos que están en un lugar concreto desde siempre y no me gusta que los cambien, porque entonces alteran mis recuerdos. Del mismo modo que tampoco me hace ilusión que cierren ni que se trasladen las tiendas y negocios de mi calle. Cambia de manera significativa el dibujo, el mapa mental que tengo en mi cabeza de mi mundo. En el mismo momento no duele demasiado, pero con el tiempo descubro que es una herida que no termina de cicatrizar.

La escalera no es especialmente bonita. Se encuentra algo descuidada. Pero subir andando cuatro pisos tiene un efecto psicológico nada desdeñable. Por algún tipo de nomenclatura o de ordenación antigua, el primer piso no es el primer piso, sino el principal. Y de este modo figura en la puerta. El segundo piso es el primero. Y así sucesivamente. Esto históricamente ha generado muchas confusiones. Los repartidores de Telepizza siempre acababan subiendo un piso más, lo que encima a pie era demoledor. Creo que éramos los más odiados de toda la zona de reparto. De niño me imaginaba que en Telepizza saltaba algún tipo de alarma cada vez que llamábamos nosotros. Pensaba que tenían nuestra foto y dirección colgadas en un corcho y se echaban a suertes entre los repartidores a quién le tocaba ir. "Ya han vuelto a llamar los pesados del cuarto sin ascensor. Pido no".

He pensado mucho subiendo esas escaleras. He repasado exámenes recién hechos, he redactado mentalmente importantes *mails,* he escrito a chicas SMS cruciales que jamás fueron contestados y he recibido todo tipo de noticias subiendo o bajando esas escaleras. Un día, en el primer piso escuché una extraña historia sobre una avioneta en Nueva York que, cuando llegué al cuarto, terminó siendo el 11-S.

Uno de los recuerdos más nítidos que tengo es del año 1995, cuando, después de un viaje, llamé para que me abrieran el portal y nada más entrar mi hermano ya estaba abajo con su risa de malo, su pelo pincho y casi sin aliento —probablemente el récord de bajada de escaleras más rápida de la historia—. Era la primera vez que habíamos estado separados. Los dos sabíamos ya que esa sería la primera de muchas.

Es un placer muy inaprensible, casi masoquista, el de llegar destrozado a casa tras horas de viaje y solo desear tumbarte en tu cama pero antes tener que subir cuatro pisos con una maleta de 25 kilos a pulso. Esa llegada a la cima, el sonido de la llaves en la cerradura, abrir la puerta y encontrarte con ese olor que solo notas cuando vuelves a casa es impagable.

Supongo que, salvando las distancias y las alturas, es lo mismo que debe de sentir un alpinista cuando le preguntan por qué sube si luego tiene que bajar. No es una cuestión de subir.

Pero lo que más me gustaba de esa escalera era cuando las mañanas lluviosas de invierno, con todo a oscuras, salía de casa para coger el autobús al colegio —con la mochila cargada y el ánimo por los suelos— y todo el trayecto de las escaleras, los cuatro pisos hasta el portal, olía a la colonia Tuscany de mi padre, que había salido, como cada mañana, un par de horas antes que yo; ese olor me transportaba lentamente hasta abajo.

Y eso es lo que mi padre ha hecho por mí durante toda su vida: hacerme el camino más agradable, guiarme cuando todo estaba a oscuras.

Quemando suela

Ayer fui a comprar unas zapatillas de correr. Tras un estudio de mi pisada, un exhaustivo interrogatorio sobre mis hábitos de *runner*, un análisis de sangre, otro de orina, un examen psicotécnico, un test de Rorschach y un programa de entrenamiento de la NASA, finalmente me dieron unas zapatillas adecuadas a mi perfil y pude salir con la caja de la tienda. También me vendieron unos calcetines que cambiarán radicalmente mi experiencia como *runner*. Las zapatillas son verdaderamente espantosas. Atroces. Sus múltiples y estridentes colores —cambiantes según la incidencia de la luz— me recuerdan a unos señuelos de plástico con forma de calamar que compraba de niño en Godofredo para ir a pescar —los de secano no pillarán esta referencia de auténtico lobo de mar—. Por lo visto, la última vanguardia deportiva no entiende de estética y estas zapatillas —todo un prodigio tecnológico, la ciencia deportiva más avanzada puesta al servicio pedestre del hombre— tienen que ser gloriosamente feas.

Así que me fui a casa, me vestí con mis nuevos bártulos con la solemnidad de un torero y salí a correr por el Retiro.

Conviene aclarar que compré las zapatillas para salir a correr, porque ahora parece que se ha impuesto una curiosa moda —sobre todo entre ellas— de llevar zapatillas de *running* para realizar cualquier actividad salvo, precisamente, la de salir a correr. ¿Estamos ante el regreso de la señora del abrigo de visón y el chándal? Es posible. Desde que volvieron las hombreras, ninguna moda se puede dar por muerta y enterrada. La semana pasada, en la fiesta de inauguración de un restaurante, conté hasta dieciséis pares de zapatillas Nike de *runner*. Todas iguales o muy parecidas. A mí estas cosas me fascinan.

No, no me gusta correr. Es más, odio correr. Me aburre soberanamente. Jugando al fútbol, siempre fui de la corriente valderramista: "Lo que tiene que correr es la pelota, no el jugador". Ya de niño, en el equipo de mi colegio vivía de cierta técnica para no tener que correr y hasta mi abuela —¡mi propia abuela!— me dijo cuando fue a un partido a verme jugar que no metía la pierna y que no sudaba la camiseta.

La primera vez que sospeché que algo iba mal fue, en el descanso de otro partido, cuando reparé en que mis compañeros sudaban profusamente y estaban manchados de barro hasta las orejas, como soldados en las trincheras de la Primera Guerra Mundial, mientras yo estaba impoluto, hecho todo un pincel que nunca ha pintado un cuadro; parecía recién salido de la ducha. "Alguien está haciendo algo mal aquí. O ellos o yo. Y son diez contra uno".

Así que al acabar los partidos solía tirar disimuladamente mi incólume camiseta blanca en algún charco para luego enseñársela a mi padre en casa y fingir que había vivido toda una batalla, un partido de sangre, sudor y lágrimas.

Ahora sigo viviendo de los despojos de aquella técnica y mis amigos me sacan en las pachangas a jugar veinte minutos como quien saca al escenario a una vieja y decadente estrella de rock a modo de espantapájaros. Doy un par de toques, mi célebre —aunque algo oxidada— bicicleta e intento un par de caños. Y luego ya me sientan, exhausto, con calambres, rozando el vómito y al borde de la parada cardiorrespiratoria. El otro día jugamos contra unos chicos de dieciocho años, rápidos, elásticos y con peinados rabiosamente modernos. Perdimos 1-7, como Brasil contra Alemania. Tuve una falta al borde del área. Me preparé para ejecutarla con cara circunspecta, pensando ya en cómo iba a celebrar el gol en el banderín de córner. Y la mandé, literalmente, a la M-30. Un chico de dieciocho años del equipo rival se quedó mirándome con insolencia y a mí me entraron ganas de agarrarle por la pechera y gritarle enajenado al más puro estilo Norma Desmond en *El crepúsculo de los dioses:*

—¿Qué coño miras, Justin Bieber? Yo antes estas las metía. Yo fui grande. SIGO SIENDO GRANDE. ¡¡ES EL FÚTBOL EL QUE SE HA HECHO PEQUEÑO!!

Así que ahora salgo a correr principalmente para no morirme en los partidos de fútbol. Y para luego poder permitirme toda clase de excesos contra mi salud. Salgo a correr todos los días. Y siempre por el Retiro. Antes solía correr en la cinta del gimnasio, pero un médico me dijo hace poco en una cena que era muy malo para las rodillas y otras articulaciones, lo que supuso la excusa perfecta que andaba buscando para abandonar esa máquina del diablo, el único sitio del mundo donde el tiempo se detiene y cada minuto parece durar un cuarto de hora.

También corro porque he descubierto que me ayuda a dormir más profundamente. Y yo soy muy partidario de cualquier cosa que me ayude a mejorar mi ya de por sí excelente capacidad para dormir durante largas horas. Corro y escucho música. Soy incapaz de correr sin música. No puedo. Me desespero. Tras probar varias *playlists* de *running* que parecían más bien el hilo musical de Bershka, al final terminé pidiendo a varios amigos que me hicieran una lista de canciones con las que ellos se vinieran arriba. Tiene un título algo épico: *Mañana en la batalla piensa en mí*, como el libro de Javier Marías, porque cada mañana, cuando pongo un pie en la calle y se ciernen sobre mí la pereza de correr, el frío y la oscuridad de los árboles del Retiro, que a veces parece el Bosque sin Retorno, le doy al *play* y suena algún tema —desde Johnny Cash a Kiko Veneno, pasando por Taylor Swift y el reguetón más extremo— que tiene un efecto vigorizante en mí y que me recuerda a algún amigo bailando de forma ridícula en una boda o trae a mi mente un viaje a Túnez o esas noches en Nueva York discutiendo en un taxi sobre la conversión de grados Fahrenheit a Celsius. Y me da un ataque de risa mental. Es como si estuviera en el frente de la batalla leyendo la carta de algún amigo.

Corro por puro egoísmo. Corro por mí. Corro para estar solo. Corro simplemente para llegar a ese cono del silencio del que habla Leila Guerriero. *"Corro porque me gusta sentir la furia de los músculos, la arrogancia del cuerpo y porque cada vez es la primera: porque cada vez hay que remontar el agobio y las ganas de no correr y el horror de los primeros minutos hasta que, en algún momento, todo desemboca en un cono de silencio en el que no hay tiempo, ni frío, ni calor, ni cansancio, ni desesperación: solo la voluntad de permanecer allí para siempre, en ese lugar horrible como si fuera el paraíso. Corro. Corro poco, corro treinta minutos cada día, pero corro. Corro para aprender a aguantar lo que no se aguanta, para no llegar a ninguna parte, para romper el insano silencio del mundo. Para sentir, parafraseando a Clarice Lispector, que soy más fuerte que yo misma".*

Corro sin saber muy bien por qué. Para pensar mucho y no solucionar nada.

Y siempre fijo la vista en la nuca del tipo que tengo corriendo delante de mí. Y no paro hasta rebasarle. Hay un momento que particularmente me gusta, ese preciso instante en el que estoy a punto de adelantarle, cuando ya me he puesto a su altura y puedo oír su respiración entrecortada, la fricción de su cortavientos, la canción que escucha a través de los auriculares y sus pasos. Me gusta ese instante en el que, digo, le estoy adelantando y ya no miro nunca más atrás. Porque sé que tan pronto como le pierda de vista por el rabillo del ojo ya estaré poniendo la mirada en el cogote siguiente. Y luego en el siguiente. Y en el siguiente. Hasta que ya no logre alcanzar al último. Y entonces me iré a casa con la camiseta empapada en sudor como un trofeo.

Recuerdo una entrevista a Clint Eastwood en la que le preguntaban por su truco para, a su edad, seguir estando en forma y continuar haciendo extraordinarias películas cada año. Y contestó que su truco para mantenerse a tono física y mentalmente era, sencillamente, hacer cada día una flexión más que el día anterior. Cada día. Una flexión más que el día anterior. Batir cada día tu límite, por pequeño que fuera. Y el día que no puedes cumplir, volver a empezar. Y esta férrea disciplina, esta forma de superarse poco a poco cada día, lo aplicaba a todas las facetas de su vida. Por eso Clint es un genio, ha ganado varios Óscar, ha rodado películas de todos los géneros, fue alcalde de Carmel, no para de reinventarse a sus ochenta y cuatro años, puede permitirse echar la bronca a Obama y tiene un hijo que me parece guapo hasta a mí.

Así que yo sigo la teoría de Clint y todos los días subo la criminal cuesta de la estatua del Ángel Caído hasta coronar sus 666 metros e intento hacerlo cada día un poco más rápido que el anterior. Aunque solo sea medio segundo más rápido. Cuando llego arriba tengo un subidón de lo que sea que bombee mi cerebro por mis neurotransmisores, que no sé si será dopamina, endorfinas, serotonina o el cubata de la semana pasada. Ni lo sé ni me importa.

Y dejo atrás, por unos instantes, mis problemas. Mis agobios. Mis neuras. Mis dudas. Mis vértigos. Mis errores. Mis horrores. Mis páginas en blanco. Mis promesas incumplidas. Dejo atrás a los *runners,* a los supinadores, a los pronadores. A los que salen a correr en grupo como si fueran los guardaespaldas del presidente de los Estados Unidos. Dejo atrás las frases motivacionales, el *Just do it*, el *No pain, no gain* y otros eslóganes publicitarios. Dejo atrás al frutero levantando las persianas metálicas. Dejo atrás los doscientos euros que me han costado estas horrendas zapatillas. Dejo atrás a los que luego inundarán el *timeline* de mi Instagram con su recorrido. Dejo atrás a los que llevan pulsómetro con GPS, pero hace mucho tiempo que perdieron el norte. No me paro. Sigo. Avanzo. Y dejo atrás a Holden Caulfield. Dejo atrás a los de la clase de taichí o lo que sea eso que hacen sobre el césped. Dejo atrás la Casa Árabe, la Puerta de Alcalá, la estatua del Ángel Caído, el palacio de Cristal, las barcas de los enamorados. Dejo atrás el pasado, el presente y el futuro. Dejo atrás el lunes, el martes, el miércoles y el jueves. Dejo atrás los meses. Dejo atrás las estaciones. Dejo atrás la luz y la oscuridad sin importarme quién gane. Dejo atrás pinos, tilos, palmeras, hayas, robles. Dejo atrás, mientras suenan las canciones, viajes, historias, años, amigos. Dejo atrás lo que va tras de mí.

Corro hasta llegar al final, que es el principio que es el final.

Tostadas

A veces me acuerdo. Nadando en la piscina. Viendo la vida pasar en un atasco. Mientras espero en algún bar a que un amigo vuelva con la segunda ronda. O en el andén del metro.

Es un fogonazo que apenas dura unos segundos. Un *flash*. Un latigazo. Pero tiene efecto retardado, similar al de esas bombas que llevan enterradas en alguna playa de Normandía desde la Segunda Guerra Mundial.

Y me acuerdo. De todo. Nítidamente. De su camiseta. De la silla metálica del jardín pintada de verde. Del tintineo acompasado de sus pulseras y de su *napia* de tucán. Del olor. Del olor de todo. Del olor a leña y a hierba mojada. Y me acuerdo de su té. Y de mi disco de Enrique Urquijo sonando lejos en la cocina. Y de las revistas sobre la mesa.

Pero, sobre todo, me acuerdo de sus tostadas.

Raspaba ligeramente la superficie quemada con un cuchillo con la plata algo gastada. *Ras, ras*. Luego lo hundía en la mantequilla, que esparcía con mucha delicadeza por la tostada, dejando que se deslizara por encima como haría una patinadora sobre hielo. Y cubría las esquinas. Daba muchísima importancia a las esquinas. Porque "la gente siempre se olvida de las pobres esquinas". Tal era su concentración y su perfeccionismo que, por momentos, parecía que me encontrara desayunando con un francotirador de los SEAL que estuviera preparando y poniendo a punto su rifle de mira telescópica.

A continuación, abría el frasco de la mermelada —poniendo una cara de sobreesfuerzo propia de una levantadora de peso búlgara— y remataba el proceso con una capa de mermelada de naranja.

Finalmente, echaba un último vistazo a su creación desde distintas perspectivas. Y solo cuando quedaba satisfecha con su obra, solo cuando era digna de ser presentada a un certamen de *miss tostada del año,* solo en ese momento, sonreía. Y entonces me daba la tostada. Y continuaba leyendo despreocupada su revista, dando pequeños sorbos a su té.

Ahora solo desayuno un café con leche. Pero en ocasiones veo tostadas.

¿Es grave, doctor?

Maneras de vivir

En ciertos momentos de confusión en los que uno no sabe qué dirección tomar, y va avanzando con el alma turbada y rota, conviene echar la vista atrás, muy atrás, para entender quiénes somos y hacia dónde vamos. Apretar la tecla de rebobinar, ver nuestra vida en dirección contraria, pararla en un momento determinado que tal vez pasara inadvertido, pero que, visto desde el presente, destella como una revelación y explica mucho de lo que somos.

Al fin y al cabo, la vida es un misterio sin resolver cuya solución se encuentra en las huellas que vamos dejando a nuestro paso.

El otro día estaba pensando en todo esto delante de una máquina de Coca-Cola. No es que siempre me ponga así de trascendental y místico cuando me dispongo a sacar una Coca-Cola de una máquina, pero es que la situación me hizo viajar en el tiempo.

Una tarde de hace muchos, muchos años, mi madre me esperaba a la salida de mi entrenamiento de fútbol. Hacía mucho calor y estaba parcialmente sordo de un oído debido a que había recibido un balonazo en la oreja con uno de aquellos pétreos y mortíferos balones Mikasa, cuyo impacto era similar al de una bola de demolición.

Me zumbaba el oído por el balonazo. Tenía la lengua estropajosa por el polvo del campo de fútbol y andaba bajo de moral. Mi lamentable vitola, arrastrando las botas y con la camiseta por fuera, debió de despertar un atisbo de compasión en mi madre, porque, contra todo pronóstico, accedió a mis insistentes súplicas y me dio cien pesetas para una Coca-Cola.

Conviene aquí aclarar, querido lector, que mi madre nunca me daba dinero para Coca-Cola. Porque siempre fue una de esas madres que vivían con la firme convicción de que la cafeína presente en un vaso de Coca-Cola era capaz de tenerte en vilo una semana y que era lo que servían a los jóvenes en los *after hours* de la Ruta del Bakalao para aguantar hasta bien entrada la mañana.

Para mi madre, la Coca-Cola era el *crack* infantil.

La cuestión es que, con aquella moneda de cien pesetas ardiendo en mi mano como si portara el Santo Grial o el anillo de Frodo, salí corriendo como corren los niños, de forma errática y alterada, a la máquina de Coca-Cola que había en la cuesta de mi colegio. Y ahí que me planté, enfrente de una de esas máquinas gigantescas. Como si estuviera ante mi Everest.

Siempre soñé con tener una igual en mi cuarto. Había magia encerrada en ese proceso de meter una moneda en aquella máquina, apretar un botón, escuchar el ruido de sus entrañas y recoger el *premio* en forma de una fría y refrescante lata.

Yo siempre fui de Coca-Cola normal. La Coca-Cola Light era la novedad por aquel entonces y lo que bebían las chicas de COU, con sus carpetas forradas con algún cantante de moda de peinado ridículo. Había también Fanta limón y Fanta naranja, que eran lo que bebían los originales. Y luego, más tarde, apareció una bebida rara llamada Aquarius, que por su precio desorbitado (125-140 pelas) debía de ser zumo de langosta. Un lujo fuera de mi alcance reservado únicamente para momentos especiales, como el Magnum blanco, que era el Aston Martin de los helados para esos niños que crecimos a base de Colajets, Popeyes y otros infames trozos de hielo con colorante.

Yo tenía un ritual, una teoría que entonces me parecía incuestionable. Si pulsaba rapidísimo y de forma repetida, casi frenética, el botón de Coca-Cola, la máquina entraría en un estado de absoluta confusión y me daría dos latas por el precio de una. Sí. Yo tampoco me explico cómo no acabé estudiando en Harvard con semejantes ideas.

Pero siempre lo intentaba. Siempre. Metía la moneda, apretaba el botón unas 270 veces por segundo con media lengua fuera y cara de absoluta concentración, como si estuviera compitiendo por el oro de halterofilia en los Juegos Olímpicos.

Por supuesto, nunca caían las dos Coca-Colas. Jamás.

Pero en aquella ocasión, metí los veinte duros, entré en trance apretando el botón como si no hubiera un mañana y, *bum,* aparecieron DOS Coca-Colas.

Durante aquellos segundos, puedo asegurar sin temor a equivocarme que fui el niño más feliz del planeta tierra.

Había vencido al sistema. Era más inteligente que una máquina. Era más listo que los señores de Coca-Cola. Javier 1-Sistema 0.

Lleno de júbilo, salí corriendo hacia el coche de mi madre esperando que se sintiera tremendamente orgullosa de la proeza que acababa de conseguir su primogénito, sangre de su sangre. Como cuando iba andando por la playa del Sardinero con mi hermano y encontrábamos semienterrado en la arena algún trozo de hueso de vete-tú-a-saber-qué y corría a la toalla de mi madre convencido de haber descubierto los primeros restos de un diplodocus y que sería famoso y ganaría un Premio Nobel o tal vez dos, y abrirían museos con mi nombre, y mi madre fingía una cara de tremenda admiración y llenaba su bolso de objetos inservibles y repugnantes.

Pero la alegría dura poco en casa del pobre. Tan pronto como entré en el coche, mi madre me dijo que ni se me ocurriera beberme dos Coca-Colas y que ya le estaba dando esa segunda lata a algún chico del colegio. Javier 0-Madre de Javier 1.

Resignado como los polis de las películas cuando tienen que entregar su placa y su pistola, di aquella Coca-Cola al primer chico de mi curso que pasó por allí, que ni siquiera me caía especialmente bien.

—Ah, vale.

Eso fue lo único que me contestó. El muy cretino. El muy imbécil.

Yo le estaba entregando el fruto del sudor de mi frente, de mi tenacidad y de mi esfuerzo, y aquel indocumentado solo me respondía con un miserable y raquítico *Ah vale*.

A veces pienso en acudir a alguna reunión de antiguos

alumnos solo para ir a cenar con él y en cuanto pida una Coca-Cola saltar:

—¿Qué tal estaba aquella Coca-Cola que te di, *hiena desagradecida?* ¿Tu paladar notó algún sabor extraño? Bien, ¡¡¡¡pues era el sudor de mi frente y de mis sueños, maldito coleóptero oportunista!!!!

Otro escenario que contemplo es ir con una espada disfrazado como Íñigo Montoya y decirle muy seriamente:

—Hola, soy Javier. Tú te bebiste mi Coca-Cola. Prepárate a morir.

Algún día contaré cuál es finalmente mi venganza.

La cuestión es que aquel chico se llevó mi Coca-Cola. Y yo me quedé hundido.

Y el tiempo pasó.

Y llegó el enigmático Cobi y Barcelona 92. Y Curro, un bicho aún más enigmático. Y Aquarius resultó no ser zumo de langosta Y las carpetas cambiaron de cantantes y de peinados. Y cambiaron las máquinas expendedoras. Y cambiaron las latas de Coca-Cola. Y a Luis Enrique le partieron la nariz en Estados Unidos. Y de repente yo era tan alto como aquella máquina. Y se fueron las niñas de COU. Y las siguientes. Y las siguientes. Y las siguientes. Y las siguientes. Y las siguientes. Y de repente las niñas de COU eran mis compañeras. Y viajé. Y fui a la universidad. Y tuvimos un accidente de coche. Y sacaron el Aquarius sabor Coca-Cola, la mayor aberración jamás inventada por el hombre. Y estalló la crisis. Y el mundo, en fin, siguió girando.

Pero yo siempre, siempre, siempre que voy a una máquina de Coca-Cola aún meto la moneda y aprieto frenéticamente el botón.

No puedo cambiar. Ni quiero. Son *Maneras de vivir,* que cantaba Rosendo.

Jamás me han vuelto a caer dos Coca-Colas. Pero yo sigo. En mis trece. Erre que erre. Siempre. Sin excepción. Por si un día caen dos. Quién sabe. No me llames iluso porque tenga una ilusión.

Es curioso que tras tantos años, tras tantas cosas en mi vida, uno siga aferrado a los rituales de la infancia. Como si esos rituales ordenasen el caos del mundo. Como si fueran un tablón de madera al que agarrarse tras el naufragio.

En la vida uno puede ser de los que aprietan o de los que dejaron de apretar. Yo sigo apretando. Y sigo creyendo que algún día pueden volver a caer dos latas.

Aprieten, siempre aprieten.

En lo que sea. En lo que hagan.

Como locos, como niños, como si les fuera la vida en ello.

Noche en el aeropuerto

Sé que te quiero y que me esperan
más aeropuertos.

Andrés Calamaro

En un aeropuerto siempre te asaltan todo tipo de dudas existenciales. ¿Adónde voy? ¿Qué hago aquí? ¿Cuándo llegaré? ¿Qué será de mi equipaje? ¿De dónde sale toda esta gente extraña? ¿Acaso no somos más que botes contra la corriente, atraídos incesantemente hacia el pasado? El jueves previo a la gran final de Champions de Milán, me encontraba en el aeropuerto de Stansted planteándome todo este tipo de preguntas. Una concatenación de casualidades, improvisaciones y combinaciones de última hora me había llevado a tener que pasar toda la noche en ese aeropuerto de Londres para poder coger un vuelo a primera hora de la mañana rumbo a Milán. ¡A mi edad y durmiendo en aeropuertos! Yo, que si no duermo en una cama del tamaño suficiente como para poder hacer la croqueta me levanto con contracturas y de mal humor. Toda esta situación, unida a mis nervios prepartido, no hacía sino disparar mi ansiedad. Negándome a perder la poca dignidad que me quedaba, no quería dar el espectáculo de roncar en el aeropuerto delante de completos desconocidos, así que me eché al coleto unos diecisiete cafés seguidos con la firme convicción de pasar la noche en estado de vigilia, tieso como un palo en mi silla hasta que saliera el vuelo.

Cargado de cafeína hasta las cejas, me compré en un quiosco las memorias de Phil Knight, fundador de Nike. Me encanta comprar libros en aeropuertos y relacionarlos, años después, con viajes pasados. Empecé a leer las primeras páginas y enseguida quedé atrapado por su historia. Me sorprendió la recurrente presencia de la cultura y la filosofía a la hora de tomar muchas de sus decisiones empresariales más cruciales.

Esa noche, como digo, no paraba de hacerme preguntas en mitad de la madrugada. ¿Y si luego pierde el Madrid? ¿Qué hago pasando la noche solo, helado de frío, en este aeropuerto dejado de la mano de Dios? ¿Merece la pena todo esto por un partido de fútbol? ¿Soy imbécil? ¿El McDonald's seguirá abierto a las 3:47 de la mañana? Pronto encontré todas las respuestas, o la única, en las memorias del fundador de la famosa empresa de Oregón. *"Una mañana de 1962 me dije a mí mismo: "Deja que todo el mundo te diga que estás loco (...) simplemente sigue hacia delante. No pares. Ni se te ocurra pensar en parar hasta que hayas llegado ahí. Ni siquiera pienses demasiado dónde está exactamente ese ahí. Venga lo que venga, no pares". Medio siglo después, creo que este es el mejor consejo —tal vez el único— que uno debería seguir".* Entonces todo cobró sentido. Puede que fuera el efecto de mi sobredosis de cafeína, pero de repente ya no tenía miedo a la derrota ni al fracaso ni a las posibles encerronas tácticas del Cholo

Simeone en el partido, ni a estar posiblemente haciendo el ridículo en ese aeropuerto. No tenía miedo a improvisar un viaje a última hora ni a dejarme un dineral entre vuelos, hoteles y entradas. Simplemente había que seguir hacia delante. Hacia Milán. Como el Real Madrid. Como el Atlético de Madrid. Como Zidane, que se atrevió a coger un equipo descarriado sin hacerse demasiadas preguntas.

En mitad de la madrugada, me levanté de mi silla para dar una vuelta, estirar un poco las piernas y matar algo de tiempo, arrastrando mi inseparable maleta detrás como un perro fiel y con mi bufanda del Madrid al cuello para combatir el frío reinante en la terminal. Entonces me crucé con un chico con la camiseta del Atlético, la de Puma de la época de Schuster y Futre. Iba, como yo, también a la deriva, sin rumbo fijo, esperando mi mismo vuelo y, supongo, haciéndose las mismas preguntas. Con cara de haber pasado la noche en vela y estar agotado. Sentí un inmenso respeto por él. Nos cruzamos miradas de pistoleros, sabedores los dos de la crueldad que nos esperaba. Porque solo uno podría alcanzar la gloria. Pero, por un momento y sin mediar palabra, nos dimos un poco de sentido el uno al otro.

Salvo que usted sea un alienígena, ya sabe qué pasó en Milán. Sabe que Ramos metió un gol, que el Atleti se dejó la vida desde el punto de penalti entre largueros y postes, que se perdonaron mutuamente, que llegó la Undécima, que hubo lágrimas. Pero yo no venía a hablar de esto.

Simplemente quería hablarles de lo que uno puede llegar a aprender pasando la noche en un aeropuerto.

Mi canción del verano

Canción del verano: *dícese de un tema musical, de ritmo pegadizo, bailable y de dudoso gusto, que se convierte en la canción más difundida en medios audiovisuales, así como en bares y discotecas, durante la época estival.*

Mi canción del verano siempre fue, es y será *La mano de Dios.*

Justo en ese mágico momento en el que comienza a sonar a las cinco de la mañana en la discoteca BNS y el sol, con tímidos rayos, como quien carraspea, empieza a lanzarnos indirectas diciendo que, otra vez, nos hemos vuelto a liar.

Justo cuando las olas del mar le ponen el cascabel a la luna, que se retira agotada, los taxis escasean y darías tu reino por un *kebab* de los que manchan antes de pedirlos.

Justo entonces, empiezas a cantar, con la garganta estrangulada por la emoción, aquello de *"Diegooo, Diegooo, Diegooo"* acompañado de una estudiada y entusiasta coreografía, con algún amigo subido a hombros, como en una boda judía, otro haciendo de jardinero cuando llega la parte en la que dice *"regó de gloria este suelo"* y el más tarado sujetando un cubata con la oreja y haciendo que toca un violín que no encaja ni con la letra ni con el momento, pero, bueno, los genios son así, imprevisibles. Y tienen clase. Ante todo, clase.

Pero aquel verano (ah, aquel interminable verano) tú fuiste mi canción. Mi canción del verano.

Antes de perderte de vista ese verano, te vi en aquella fiesta en la que llevabas puesto un vestido azul eléctrico y yo, por mi parte, llevaba una palidez indecente para ser mediados de junio y dos rusos blancos de más.

Que tú eras guapa de morirse y yo tonto perdido era un secreto a voces. Que el cruce de tus piernas morenas era un cambio de juego de Xabi Alonso, también.

Te fuiste pronto porque estabas cansada y, para mis adentros, pensé que para cansado yo, que por algo llevaba detrás de ti meses. Pero pronunciaste mi nombre, que tuvo el mismo efecto que arrojarme una tostadora en la bañera, y dijiste algo como "Nos vemos en septiembre".

Y por ahí que te fuiste con viento fresco, ese viento fresco que te inflaba el vestido como una bandera ante la cual me habría cuadrado.

Te fuiste, pero te dejaste dentro de mi cabeza las luces encendidas, el gas abierto y el horno puesto. Y yo había perdido las llaves.

A la mañana siguiente cogí un tren. Tú te fuiste al norte y yo al sur. Tú a Boston y yo a California. Y aquí paz y después tormento.

Porque aquel verano (ah, aquel interminable verano) fuiste esa canción que sonaba a todas horas: pegajosa, como un hilo musical, como un chicle al que no se le acaba el sabor, un soniquete en bucle, el molesto graznido de las gaviotas en mi ventana a las ocho de la mañana, el zumbido por la noche de uno de esos mosquitos *ninja,* esos bichos que desaparecen en cuanto enciendes la luz y te vuelven loco. Y yo me levantaba por las mañanas maldiciéndote, a ti, a los mosquitos, al verano y a las gaviotas. Mi odio se remontaba en el tiempo hasta ese dinosaurio que, en lugar de extinguirse con dignidad como el resto, evolucionó hasta convertirse en una repugnante gaviota.

Te convertiste aquel verano (ah, aquel interminable verano) en mi particular *chica de la curva,* porque aparecías y desaparecías en los lugares más insospechados. En realidad, te convertiste en la *chica de la curva, de la playa, de la biblioteca* y *de la parada del autobús.*

Y ni Laura no está ni la flaca de cien libras de piel y hueso y cuarenta kilos de salsa ni sarandonga, cuchibiri, cuchibiri.

Me enfrascaba en el fichaje del verano del Real Madrid, pero nada. Y me tragaba todas las pruebas de las Olimpiadas de Atenas y la Gala de *Murcia, qué hermosa eres* y hasta la prueba de la vaquilla del Grand Prix. Y trataba de estudiar algún examen de septiembre, pero *"la influencia de la política fiscal y monetaria en la demanda agregada"* me hacía pensar en ti de alguna forma extraña.

Y luego por la noche me iba de pinchos con Jorge y Gabriel y la camarera del Pata Negra me recordaba a ti. Bueno, mentira, no me recordaba a ti porque no os parecíais absolutamente en nada, pero era guapa y no me hacía ni caso. Un poco como tú, fíjate qué cosas.

Ni Ave María, ¿cuándo serás mía? ni quiero bailar toda la noche, baila, baila, bailando, ba ni *dragostea dintei.*

Tú fuiste mi canción del verano. Mi canción de aquel interminable verano.

Una lástima que yo nunca fuera tu Georgie Dann.

Todo el mundo vive en *Melrose Place*

El otro día estaba enfrascado en medio de un maratón de mi última serie favorita, *Master of None,* cuando vi una escena en la que me quedé pensando largo y tendido, con la mano apoyada en el mentón y cara de estar reflexionando muy intensamente sobre la vida, tal y como posan los escritores en sus columnas de los periódicos. Que parecen todos versiones de *El pensador* de Rodin.

En el capítulo en cuestión, Aziz Ansari —me encanta cuando nombre y apellido empiezan por la misma letra— está en su casa con un amigo pensando en ir a comer algo. Tras largas cavilaciones, se deciden finalmente por unos tacos.

Los tacos, como París, siempre son una buena idea. Pero no quieren unos tacos cualquiera. No, señor. Quieren los mejores tacos de Nueva York. Y lo dice con tal pasión que recuerda a lo que Billy Wilder le soltó a Raymond Chandler poco antes de encerrarse a teclear juntos el guion de *Perdición:* "Vamos a escribir la mejor película de esta puta ciudad".

Así que los dos amigos se lanzan decididos a la búsqueda de los tacos perfectos: consultan todos los artículos tipo "Los 25 mejores tacos de NYC", repasan los *rankings* de la revista *Time Out,* rastrean blogs de gastronomía, cotillean en varias *apps,* leen críticas en foros especializados, husmean en Twitter y preguntan a varios amigos *foodies.* Tras la intensa búsqueda, por fin dan con el *food truck* de los tacos perfectos, al que se dirigen hambrientos como lobos. Pero para cuando llegan el tipo del camión ya se ha quedado sin tortillas. Han tardado demasiado tiempo en tomar la decisión. No tacos, no *party.*

En ese momento, di al botón de *pause,* mi mano adoptó la posición antinatural bajo mi barbilla de escritorzuelo ilustrado y miré al horizonte de mi cuarto por encima de la pantalla del portátil. "Interesante".

Porque me pareció una metáfora perfecta de nuestra generación. La historia de nuestras vidas. Tenemos tal cantidad de información a nuestra disposición que a veces hasta nos genera problemas a la hora de tomar decisiones. Somos un océano de conocimiento de un centímetro de profundidad.

Y entonces comprendí el porqué del título de la serie: *aprendices de todo, maestros en nada.* Solo había tardado unos diez capítulos en caer en la cuenta.

Epifanías aparte, me sentí muy identificado con esa situación. A veces queremos afinar tanto el tiro, queremos que encaje todo tan a la medida que perdemos el norte. Siempre que me dispongo a ver una película en casa, por ejemplo, tardo mucho en decidirme. PERO MUCHO. Me meto en Rotten Tomatoes, leo críticas, artículos, pido asesoramiento en Twitter, veo tráilers y paso por las cuatrocientas películas del catálogo a mi disposición, hacia delante y hacia atrás, recreándome en esa especie de harén cinematográfico que tenemos entre Netflix, Apple TV y Yomvi. Y lo que acaba pasando es que, cuando me quiero dar cuenta, me han dado las dos de la mañana, no he empezado a ver la película todavía, por alguna confusa razón estoy en YouTube viendo un vídeo de una anaconda que engulle a un cocodrilo y las palomitas ya se me han quedado frías —esto de las palomitas es una especie de metáfora; odio comer palomitas viendo una película y lanzo miradas torvas en el cine a los que las comen a mi lado.

Me ocurre lo mismo cuando quedo a cenar con amigos, que parece que estuviéramos eligiendo nuevo papa en vez de restaurante. Disponemos de tanta información al alcance de la mano que nos parece una temeridad precipitarnos eligiendo a tontas y a locas cualquier sitio para cenar. Simplemente, odio ir a un restaurante caro y malo tan solo por no haberme tomado la molestia de investigar antes.

Nos obsesiona acertar continuamente con todas las decisiones que tomamos. Hemos desarrollado tal fobia al fracaso, por insignificante que este sea, que nos bloqueamos a la primera de cambio. Y el problema es cuando esto ya no solo se reduce a cuestiones nimias como la de los tacos —aunque acertar con los tacos a mí me parezca una cuestión bastante seria—. Es todavía peor cuando se extiende a decisiones importantes. A las relaciones. O a un cambio de trabajo. O a la compra de una casa. O a operarte de la vista.

Por mi forma de ser, jamás estoy seguro de nada de lo que hago, me da pavor comprometerme con alguien y luego descubrir que me encanta otra persona que acabo de conocer. Y acabar divorciándome seis veces. Que sería algo muy mío, por otra parte. Con lo mal que se me da a mí todo el papeleo y la burocracia. O temo un escenario peor todavía: no llegar a conocer nunca a esas otras personas que me estoy perdiendo en universos paralelos. Y así me paso la vida, paralizándome ante cualquier cruce de caminos.

Pero no hablemos tanto de mí. Volvamos a la serie.

Poco después de la tragedia de los tacos, el protagonista asiste junto a su novia a la boda de unos amigos. Y cuando está escuchando esos votos tan cursis que suelen pronunciar los novios americanos en sus bodas, le empieza a entrar una angustia existencial muy woodyalleniana. Le invaden unas dudas terribles similares a las del momento de los tacos. Tiene tantas posibilidades abiertas ante sí, tantos caminos paralelos por andar que cree que nunca sabrá si está haciendo lo correcto.

La incertidumbre es el cáncer de la Bolsa y de las relaciones. (BOOM. Oliver Stone, te presto esto para *Wall Street 3)*.

A mí esto de atravesar dudas existenciales en mitad de las bodas es algo que también me ocurre a menudo. Así que luego salgo de las iglesias pálido, trastabillándome con los bancos y con el gesto descompuesto, buscando la barra de mojitos como si me hubiera dado una bajada de azúcar. Mi pesadilla más recurrente —junto a la de que todavía me falta un examen de la carrera por aprobar, algo que me atormenta aproximadamente cada tres días— es que me tengo que casar con alguien que acabo de conocer. Y está toda la gente esperando fuera y yo sé que estoy cometiendo un gravísimo error. Y ya no puedo parar nada. Y tengo la horrible sensación de ser un miserable. Y de hacer miserable a la otra persona. A la que acabo de conocer, por lo que me tendría que dar igual, pero bueno. Soy el Capitán Angustias.

Sobre todo, nos angustia no ser tan felices como lo felices que deberíamos ser. Somos una generación moldeada por Facebook, Instagram y las películas. Que se cree realmente que el resto de la gente es tan feliz como muestra en sus fotos. Que los otros, esa especie de tribu rival a la que espías desde tu isla solitaria con un catalejo, se quieren tanto como se esfuerzan en demostrar a base de emoticonos, fotos y declaraciones de amor eternas. Y no solo eso: creemos que hemos de aspirar a esa felicidad. Que merecemos esa felicidad realmente inalcanzable. Y no existe. Porque todos nos hemos vuelto publicistas de nuestras propias vidas. Nos vendemos a los demás del mismo modo que un creativo publicitario argentino te vende un BMW, la colonia Armani a la que teóricamente huele ese actor guapo o las Nike que ya usabas hace doce años.

Ahora todo el mundo vive en *Melrose Place.* O en *Pleasantville.* La cuestión es que no nos hemos dado cuenta todavía de esto. O no lo tenemos del todo interiorizado.

Hace poco estaba viendo la tele con un amigo que me comentaba que no entendía por qué en los anuncios de coches siempre aparece esa aclaración en letra pequeña de "*Imágenes grabadas en un circuito cerrado*".

—¿Qué se creen? ¿Que pensamos que eso es verdad? ¿Que pensamos que ese Audi puede hacer todas esas cosas? ¿Que no sabemos que hay un piloto profesional conduciéndolo?

Y luego ese mismo amigo es el que se arranca la piel a tiras cuando aspira a llevar la vida de otros en Facebook, cuando se muere al ver a su exnovia feliz con otro como si vivieran en un anuncio de turismo de las Bahamas o cuando le entra complejo de inferioridad al ver que el tonto de su colegio es CEO y *co-founder* de una *startup* rimbombante tan solo porque lo pone en LinkedIn. Y se lo cree todo. Y no se da cuenta de que es tan absurdo como lo del ejemplo del coche. Que tal vez también deberían empezar a incluir leyendas como la de *"Imágenes grabadas en un circuito cerrado"* justo debajo de las fotos que se cuelgan en Facebook o Instagram para que dejáramos de hacer el tonto y creernos todo.

FOTO FELIZ EN UN FESTIVAL

(No le está gustando el concierto, odia esta música, le duelen los pies, no entiende lo de los tokens *y desearía estar ya en casa).*

FOTO HAMBURGUESA #YUMMY #BURGER

(La hamburguesa es del compañero de mesa. Ha pedido una ensalada. Ha hecho una hora de spinning *esta mañana).*

FOTO EN UNA HAMACA CON UN "AQUÍ, SUFRIENDO"

(Realmente está sufriendo).

La semana pasada me tomé un café con una señora que me dijo que, tras tres matrimonios fallidos, se consideraba una "náufraga sentimental". Lo primero que pensé es que *Náufraga sentimental* era un título fabuloso para una canción. Algo así como el reverso tenebroso de *Cuando zarpa el amor,* de Camela. Si es que puede existir un reverso aún más tenebroso que Camela. Luego pensé que también sería una buena línea de diálogo de Humphrey Bogart en *Casablanca*.

—¿Cuál es tu nacionalidad?

—Náufrago sentimental.

El caso es que me encantó la ligereza con la que me hablaba de sus fracasos. No trataba de ser una Don Draper de su vida. No tenía afán por venderme lo guay que era a cada frase. Me recomendó un libro: *Mis traspiés favoritos,* del ensayista Enzensberger, Príncipe de Asturias, que de joven estuvo afiliado en las Juventudes Hitlerianas hasta que le echaron —no sé qué tiene que hacer uno exactamente para lograr que le echen de las Juventudes Hitlerianas—. A veces consuela ver que otros cometieron errores más graves.

Tengo un amigo muy sentimental. Aunque no lo aparenta. Porque nunca hablamos de estas cosas. Hablamos de Zidane, de rutinas del gimnasio, de la mejor ensaladilla rusa, de *Los Simpson,* de la caída del precio del petróleo, de zapatos o de la política exterior de Panamá. Yo qué sé. De lo que sea, menos de este tipo de cosas. Siempre le digo que tenemos un *vertedero emocional.* Una especie de pozo sin fondo —a kilómetros de profundidad en nuestro interior— al que todos arrojamos nuestras dudas tóxicas, penurias sentimentales, errores, miedos y paranoias para que nunca, bajo ninguna circunstancia, salgan a la superficie. Y cerramos herméticamente las compuertas. Tal vez no sea muy sano. Luego saldrán Godzillas de ahí, claro.

Siempre que pienso en mi *vertedero emocional* me lo imagino como el pozo de Darvaza, también conocido como la puerta del Infierno —nombre mucho más comercial, dónde va a parar—. Está en el desierto de

Karakum, en Turkmenistán. Se trata de un enorme cráter, lleno de gas, que lleva ardiendo sin parar desde los años ochenta.

No importa lo que ahí tires; todo arde. Y seguirá ardiendo.

Creo que esta noche cenaré tacos. Voy a buscar un segundo dónde están los mejores de Madrid.

Cantona ya no saluda por las mañanas

Hubo un tiempo en el que pensaron que yo era bueno jugando al fútbol. No sé cómo se produjo tal confusión, pero la cuestión es que me subieron a jugar con el equipo de mayores. Yo tendría diez años y recuerdo que miraba a aquellos otros chicos como si hubiera una distancia generacional insalvable entre nosotros. A lo sumo me sacarían dos años. Máximo tres. Pero observaba en ellos más sabiduría, más experiencia y más pelos en las piernas de los que yo había visto nunca.

Recuerdo que había un chico llamado Luis. Piernas de alambre. Regate eléctrico. Llevaba siempre el pelo ensortijado, ligeramente largo, y pulseras en las muñecas. Era agradable, no me trataba como a un advenedizo y desprendía ese magnetismo de los *quarterbacks* en los institutos de las películas americanas. Cuando le veía por el colegio, parecía un miembro de la pandilla de *Sensación de vivir.* Todos le respetaban, las chicas le admiraban. El día de mi debut, mientras nos cambiábamos en el vestuario antes del partido, observé cómo se calzaba las botas. Primero las sacó con delicadeza de una bolsa amarilla, como un violinista que saca de la funda su Stradivarius. Eran unas Nike Tiempo. Negras. Impolutas. Con la palabra NIKE inscrita en el talón con unas impecables y elegantes letras mayúsculas. Después, al atarse los cordones, dio la vuelta a la lengüeta para que únicamente quedara a la vista el rayo inconfundible de Nike. Nunca había visto unas botas tan bonitas. Sufrí un bloqueo similar al de Patrick Bateman viendo las tarjetas de sus compañeros en *American Psycho.* Me daba vergüenza tener que saltar al campo con unas botas —sin linaje ni pedigrí— que mi madre me había comprado en unas rebajas.

La semana previa a aquel primer partido, en un entrenamiento en el que practicábamos el pase con un rondo, el míster se me acercó y me preguntó dónde jugaba. Le contesté con mucha solemnidad que mi posición natural era la de "típico cinco sudamericano". Soltar eso con diez años es de una imbecilidad asombrosamente prometedora. Siempre fui muy precoz para según qué asuntos. En mi defensa alegaré que Fernando Redondo acababa de fichar por el Madrid y yo atravesaba una etapa de fundamentalismo valdanista. El entrenador, el mítico Lorenzo Resines, me examinó en silencio. Luego dijo: "Cinco sudamericano, ¿no? Muy bien. De lateral izquierdo, chaval". Me sentí como si me estuviera mandando a realizar trabajos forzados en un gulag de Siberia. ¡De lateral izquierdo! ¡Yo! El sábado jugábamos contra La Amistad —siempre se me hizo raro decir en voz alta que tenía que jugar contra la amistad: es como jugar contra la paz mundial—. El día del partido, desde mi destierro, confinado en esa banda izquierda bajo una incesante lluvia, recuerdo que no dejé de observar a Luis con sus relucientes Nike y las medias medio bajadas. Sus movimientos elegantes, su verticalidad encarando rivales. Era un Fred Astaire bailando sobre charcos de barro.

Sí, necesitaba hacerme con aquellas botas.

Días después del fatídico debut, saldría en todas las televisiones el famoso anuncio de Nike en el que Eric Cantona, exactamente con esas botas que yo tanto anhelaba, destrozaba de un pelotazo a un demonio. The King se despedía de ese monstruo del averno levantándose el cuello y soltando un desafiante *Au revoir* al más puro estilo John McClane en *Jungla de cristal*, cuya tercera sangrienta entrega acababa de ver en el cine a escondidas con mi primo y un amigo. Aquel anuncio supuso una revolución en mi generación. Era como una pequeña película. Hasta avisaban en la programación de televisión del periódico de cuándo lo iban a emitir. Y todos queríamos esas botas. Cada tarde, después de mis clases de inglés en la academia de un profesor iraní, pasaba por delante del escaparate de Canadá Sport y las contemplaba extasiado. Incluso a veces me atrevía a entrar en la tienda para tocarlas —descansaban majestuosas en uno de esos expositores— como si se trataran de una vasija griega del Louvre.

Debí de inspirar tanta pena a los dueños de la tienda que un día me regalaron un cartel enorme de aquel anuncio. Lo colgué en el cuarto que compartía con mi hermano como si fuera un Picasso. Desde ahí, al lado de mi cama, me miraban desafiantes cada mañana, con una sonrisa de medio lado, Cantona, Kluivert, Davids,

Ronaldo, Figo y un japonés que nadie tenía muy claro quién era. A veces le hablaba a Cantona como si fuera un tercer hermano: "Me voy al examen de historia, tío. Deséame suerte".

Las Nike Tiempo acabaron cayendo. A pesado nunca me ganó nadie. Fue el día de Reyes. Estaba tan emocionado con mis flamantes botas nuevas que pedí a mi madre que me grabara en vídeo jugando al fútbol con ellas, como si se tratara de mi propio anuncio. El resultado del experimento fue atroz. La esperpéntica cinta está en casa de mis padres a buen recaudo para que su contenido nunca salga a la luz. Y no dormiré tranquilo hasta que no se haya destruido el último reproductor de VHS.

Creo que no he cuidado nada en mi vida con tanto esmero como aquellas botas. Cada noche aplicaba a mis Tiempo una crema especial de grasa de foca y les ponía dos pinzas en las lengüetas con el propósito de que se quedaran tiesas. Porque no había nada que me estomagara más que ir con las lengüetas levantadas. Una atrocidad estética. Toda una muestra de desidia.

Luego las dejaba descansando en la encimera de la cocina, donde el olor a briznas de hierba, barro y grasa de foca de las botas se entremezclaba con el aroma del café de mi padre las mañanas de partido.

Huelga decir que mi carrera como *típico cinco sudamericano* no llegó demasiado lejos. La de lateral izquierdo menos aún. Mi pasión por todo lo que rodea al fútbol, en cambio, permanece intacta. Sigo creyendo que hay ojeadores de clubes de Italia viéndome jugar los domingos. Sigo metiéndome en la cama sin cenar cada vez que pierde mi equipo. Sigo enfadándome con aquellos que me dicen "¡Si es solo fútbol!". Porque sigo dando importancia a todo lo que algún día fue importante para mí.

Pienso en todo esto veinte años después, mientras me ato las nuevas Tiempo en un vestuario con unos amigos. Me miro en el espejo antes de saltar al campo a jugar un partido de fútbol. Y sonrío. Porque esto no va de marcas. O sí, años después atravesé la misma obsesión con las Umbro moradas de Roberto Carlos. Esto va de otra cosa. De recuerdos. Y de ser fiel a uno mismo.

Que te paguen por llevar unas botas como futbolista profesional debe de estar muy bien. Volver a ser de nuevo aquel niño del póster de Cantona en el cuarto, ese que aspiraba a ser como Redondo, el de las pinzas en la lengüeta, el del cine a escondidas, y poder escribir luego sobre todo ello, eso, maldita sea, eso está mucho mejor.

Y deja que te mate

No se enamore nunca de ninguna criatura salvaje, Mr. Bell.

Desayuno en Tiffany's

Hace muchos años conocí a una chica en uno de esos viajes sin billete de vuelta. Era muy divertida, robaba botellas de vino del comedor de su residencia de monjas y me dejaba siempre algún disco diciendo "Tienes que escuchar esto" mientras me clavaba aquellos ojos encendidos, como si fuéramos dos espías en la Viena de la Segunda Guerra Mundial y me estuviera entregando un microfilm con información crucial para el devenir de la humanidad.

¿Que cómo se llamaba?

Pongamos que Mafalda.

Mafalda iba por la vida como una funambulista, con un pie dentro y otro fuera. Siempre por el lado salvaje de la vida. Muy Lou Reed.

Mafalda fumaba. Claro que fumaba. Las chicas como Mafalda siempre fuman. Eso es algo que va con el personaje. Pero nunca olía a tabaco. Ella jamás se lo habría permitido.

Enamorarse de Mafalda era algo inevitable. Llevaba seis balas en el tambor de ese revólver que tenía por alma y todos mis amigos y yo fuimos cayendo como moscas. *Bang*, uno. *Bang*, dos. *Bang*, tres. *Bang*, cuatro. *Bang*, cinco. *Bang*, seis. Y todo olía a pólvora, a cerilla apagada y a su colonia.

Uno trataba de no caer en su tela de araña, pero acababa enredado por todos lados. Caíamos. Caíamos con la delicadeza de un piano de cola desde un ático. Como elefantes por el desfiladero de las Termópilas. Así caíamos.

Y lo peor es que ni te dabas cuenta. "¿Yo? Ja, ja, ja. No pienso caer", decías confiado. "No. *Niet*. Nunca. Jamás. *Never*". Pero éramos los diez negritos de Agatha Christie: nuestro fatal destino ya estaba escrito.

Ella me veía como un chico estupendo para charlar de discos y tomarnos unas copas. Yo la veía a ella como una chica estupenda para curar con Betadine los arañazos en las rodillas de alguno de los veinticinco hijos que planeaba tener con ella. Pero siempre lograba encontrar una o doce maneras de escapar descalza por la puerta de atrás de mi vida.

Nunca nos peleamos por Mafalda. Porque no tuvimos oportunidad. Habría sido como pelearse por ver a quién le ilumina más la luna. Una disputa estéril. Ella vivía en una huida constante y nosotros íbamos detrás, persiguiéndola a lomos de un caballo de tiovivo.

Mafalda era como Moby Dick. Si ella leyera que la estoy comparando con una ballena, probablemente me arrancaría el corazón, como en esa escena de Indiana Jones, y me lo pasaría por la Thermomix. Una ballena, ¡qué metáfora tan desafortunada! Ella, que se movía con la delicadeza de un flamenco. Ella, que coleccionaba sinónimos del adjetivo *grácil*.

Pero cuando digo que era como Moby Dick es porque era rara, diferente a todo, única. Y todos la perseguíamos por eso. Y ella te arrastraba hacia el fondo del mar, como al capitán Ahab.

Las chicas decían que se daba cierto aire a Uma Thurman en algunos gestos. Pero era más guapa. Sobre todo en verano. En verano Mafalda reventaba corazones. Porque la piel, los ojos y el pelo le brillaban como brillan las cosas recién hechas.

Siempre digo que mi móvil favorito era un lamentable Siemens que ya estaba desfasado antes de que saliera al mercado. De formas bastas y rotundas, era perfecto como arma arrojadiza. No tenía pantalla táctil ni cámara ni juegos ni internet ni nada remotamente útil. Pero tenía los mensajes de Mafalda. Esos mensajes que releía sin darme cuenta y que en 140 caracteres encerraban una risa, varias historias y muchos enigmas.

Cuando recibía un mensaje de Mafalda, me ponía de rodillas, como si celebrara el gol del minuto 116, mirando al cielo, *I belong to Jesus*, y daban ganas de descorchar una botella de champán y beber de ella y luego bailar la conga para celebrarlo.

Una noche de verano en Madrid volvía andando con ella cerca de Cibeles. Hacía calor, la ropa se nos pegaba al cuerpo y estaba amaneciendo. Y me dijo lo mucho que le apetecía bañarse en la Cibeles. Y yo no podía dejar de imaginármela como a Anita Ekberg en La dolce vita.

Mafalda fue quien me enseñó que Frank Sinatra era puro *rock and roll.* Ponía un vinilo heredado de su padre y bailaba. Lento. Siempre muy lento.

Hubo una época en la que tenía que dar la vuelta a los libros de mis estanterías que me había regalado Mafalda. Porque no me dejaban dormir. Eran como amenazantes ojos de una serpiente en mitad de la oscuridad de mi cuarto. O como el inagotable tictac de uno de esos Swatch que no te dejan pegar ojo.

Mafalda siempre vivía de noche.

"Vivimos de noche y bailamos rápido para que no nos crezca la hierba bajo los pies. Ese es nuestro credo".

Pero con esto no me estoy refiriendo a que acabara en la tarima de un *after* bailando *La mayonesa.* Hablo de otra cosa.

Hablo de que siempre tenía una última bala. Un último baile. Una última copa. Una última canción.

Su vida era siempre un gol en el descuento. Un permanente acto de locura, como subir a rematar un córner con el portero.

Hablo de echar un pulso al día hasta caer desfallecida en la cama. De no rendirse nunca.

De rebañar el plato, aprovechar la última gota de la botella de vino y *Carpe that fucking diem.*

De como cuando eras niño y sorbías como un chupóptero las últimas gotas de tu batido. De cuando no pensabas nunca en el mañana. De cuando leías con la linterna debajo de la cama cómics hasta que se te cerraban los párpados. De cuando te revolvías como gato panza arriba para no irte a dormir.

Siempre me recordó al personaje de un cuento de Hemingway que decía:

"Yo soy uno de los que les gusta estar en los cafés hasta que cierran. Con los que nunca se van a dormir. Con los que necesitan una luz por la noche".

Mafalda siempre se reía con las cosas que le escribía. Se reía fuerte y se le marcaban los músculos del cuello y parecía que en cualquier momento iba a entrar en autocombustión.

"Tienes que escribir, escribir y escribir. Y cuando te canses, escribe más. Y escribe. Y escribe. Y escribe. Nunca lo dejes. Porque lo más importante en esta vida es encontrar lo que te gusta. Y entonces, dejar que te mate".

Perdí la pista a Mafalda. No sé en qué andará metida. A lo mejor ahora está casada con un armador griego millonario, a lo Jackie Kennedy.

Eso sería muy de Mafalda.

En una ocasión leí que la gente que más te ayuda es la que entra y sale de tu vida, como un fantasma. Como Mafalda.

En esos días tristes de primavera disfrazados de invierno, esos días en los que uno puede escuchar goteras de la lluvia cayendo en el corazón, me acuerdo de *Rain in My Heart*, de Sinatra.

Y pienso en Mafalda. Pienso si seguirá dejándose matar por aquello que le gusta.

Pesadilla en Halloween

Estamos en octubre de 2011. Vuelo a Washington D. C. con la Fundación Ortega y Gasset para asistir a un curso de un par de semanas en la Universidad de Georgetown. Gente muy inteligente, brillante e interesante en cada esquina. Me pregunto continuamente qué estaré haciendo yo ahí.

Durante el curso, nos asignan habitaciones compartidas con otros asistentes, como si fuéramos deportistas en la Villa Olímpica. El primer día que llego a mi habitación, observo una nota en mi cama: *"Hola, compañero. He salido a dar una vuelta. Llegaré como a las 21:00. Jon"*. Deshago las maletas y contesto en esa misma nota: *"Hola. Acabo de llegar. También salgo a dar una vuelta. Llegaré entre las 21:00 y 21:30. Luego nos tomamos algo para conocernos"*. Y al final añado un emoticono de una cara sonriente, cosa que algunas veces hago involuntariamente cuando no sé muy bien cómo despedirme de extraños. Aunque sea en una carta seria. Es un toque forzado e inquietante.

Como la sonrisa de un payaso muerto.

Una semana antes de llegar a Georgetown había establecido contacto con el amigo de un buen amigo, un tipo apodado enigmáticamente el Ruso que se encontraba estudiando todo el año en Georgetown. Tras intercambiar un par de *mails* con el Ruso, le pregunté si necesitaba algo de España. Su único encargo fue que le llevara ingentes cantidades de tabaco Pueblo —hizo especial hincapié en la marca— y papel de liar. *"Ni jamón ni p***as"*, me aclaraba de manera concisa en un *mail.*

Así que, tras escribir la nota a mi compañero, voy andando con una bolsa llena de tabaco de liar hasta la casa del Ruso, situada en un agradable y tranquilo barrio muy cercano a Georgetown. El Ruso resulta ser un tipo entrañable, muy educado, que no deja de agradecerme que le haya traído su añorado tabaco de liar mientras empieza a hacerse un primer cigarro con la paciencia de un orfebre.

Esa noche está en su casa con otro par de españoles: Agustín, que lleva una camiseta de los Strokes, y Manolo, que vive en Nueva York pero se encuentra en Washington de visita. Ambos son abogados y se conocieron en Harvard. Manolo me cuenta que van a celebrar una gran fiesta de Halloween en Nueva York con gente de su máster y me invita a ir. "Será muy divertida. No te la puedes perder".

Como muestra de agradecimiento por haberle traído el tabaco, el Ruso me invita a tomar una copa con ellos y la acepto a regañadientes. "Solo una, que he quedado con mi compañero de habitación para conocernos y no quiero presentarme muy tarde".

Termino llegando a mi habitación a las seis de la mañana. Pocas sensaciones existen más extrañas que llegar a tu habitación en estado de absoluta euforia y encontrarte con un completo desconocido en la cama contigua emitiendo ronquidos propios de un oso pardo en periodo de hibernación.

Tras unos días fascinantes de curso y de varias cenas con el Ruso, llega el último fin de semana, el fin de semana de Halloween. Mi plan consiste en aprovechar e ir a Nueva York y ya desde ahí volar de vuelta a Madrid. También es posible que quede con una chica española en Nueva York, amiga de una amiga. La fiesta de Manolo, además, puede ser un plan divertido para ir juntos. No puede pintar mejor el fin de semana.

En el autobús Greyhound de camino a Nueva York, escribo un SMS a la chica, termino *Libertad*, de Jonathan Franzen, y me hago amigo de mi compañero de asiento, un simpático pastor baptista de unos ciento cuarenta y ocho años procedente de Virginia que por alguna ignota razón considera que soy el perfecto interlocutor con el que repasar todo lo que ha vivido a lo largo de su existencia. En algún momento de la conversación me pregunto si tal vez irá a Nueva York para suicidarse. Anoto mentalmente que ese sería un buen tema para una película.

Justo antes de despedirnos, tras bajarnos del autobús, el pastor baptista observa la abrumadora decoración de Halloween que adorna Penn Station. "No me gusta nada esto de Halloween, chico. Nada. Siempre me ha dado muy malas vibraciones". Y a modo de despedida me da un sólido apretón con sus enormes manos de granjero.

Tal vez tendría que haber interpretado este aviso sobre Halloween como una de las muchas señales premonitorias de lo que se me estaba viniendo encima.

Esa misma noche de viernes salgo a cenar con un amigo al Shake Shack de Madison Park. Hace una noche muy agradable, así que devoramos esas excelentes hamburguesas con queso al aire libre, sentados en un banco del parque. No puedo ser más feliz que en ese preciso instante: de nuevo en Nueva York tras muchos años, cenando al aire libre con un amigo y con divertidos planes para el día siguiente en el horizonte. Bajo la mirada y me encuentro con una rata gordísima afanada con una patata frita a escasos centímetros de mi zapato. Otra señal. Nunca he sido muy bueno interpretándolas.

El sábado, víspera de Halloween, me despierto en mi hotel lleno de energía. Tengo todo un día por delante en mi ciudad favorita del mundo. Me ducho, me afeito y salgo a la calle como un dios renacido, eufórico como uno de esos tipos que anuncian Pharmaton Complex en televisión. Es entonces cuando me doy de bruces con la realidad en forma de tormentón apocalíptico. Es el diluvio universal. Un chico nigeriano con un carrito me grita que vende paraguas a cinco dólares. Le extiendo un billete y me da uno. Nada más abrirlo, una ráfaga de viento dobla el enclenque paraguas y se lo lleva arrastrando diez calles a una velocidad supersónica. Tal vez la inversión más fugazmente ruinosa de mi vida. Giro sobre mis talones y el chico nigeriano ha desaparecido. Ni rastro de él ni de su carrito.

Sin paraguas, comienzo a patear las calles sin dejar que eso me afecte el ánimo. Estoy empapado pero sigo andando. Tengo que ir a Uniqlo a comprar unos jerseys que me ha encargado un amigo del trabajo. Esos encargos que la gente solo te hace cuando vas a Nueva York, como si viviéramos en 1972.

Andando por la Quinta Avenida, el tiempo empeora y comienza a nevar copiosamente. Creo que nunca había visto nevar tan pronto como en octubre. Una chica resbala con el aguanieve en un paso de cebra, pero logro sujetarla heroicamente en el último momento. "Hay que andarse con cuidado", le digo con voz de Troy McClure y continúo con andares de galán. Apenas doy tres pasos y el que se resbala soy yo; sin que nadie me sujete, por supuesto, con lo que me doy un tremendo costalazo y me empapo entero con esa mezcla de agua, nieve y mugre.

Herido en el orgullo y en el costado, sigo ciego mi camino, con la determinación de un *sherpa.* No voy a permitir que la nieve estropee mi día en Nueva York. Mi objetivo ahora es llegar a Central Park y ver los patos. Cada uno tiene sus obsesiones. Cuando por fin llego, exhausto, me encuentro con que Central Park está cerrado. Trato de entrar, pero un policía apostado en una de las entradas me impide el paso. Aterido de frío, con nieve en la cara, un poco ido ya de la olla como DiCaprio en *El renacido,* apenas logro balbucear: "Los pa-patos. He-he venido a ver los patos. Dé-dé-déjeme pasar", mientras trato de apartar al policía para hacerme paso. El policía, un hombre negro de frondoso bigote y pinta de padre de familia numerosa, me dice en un tono muy tranquilo: "Hijo, vete a casa y tómate un chocolate caliente". Creo que esta ha sido la manera más educada y considerada en la que alguien me ha mandado a mi casa.

Vuelvo a mi hotel derrotado, empapado y muerto de frío. Tengo los zapatos destrozados. Pongo toda la ropa sobre la calefacción y me meto tiritando en la cama. Ni rastro de contestación de la chica. En la televisión dicen que Nueva York está en alerta roja. Nevada histórica. Recomiendan quedarse en casa.

Suena el móvil. "Es ella", pienso. Pero no. Es Manolo. Que si voy a ir a la fiesta. Pasan las horas, la nieve no amaina y la chica sigue sin dar señales de vida. Valoro la posibilidad de quedarme atrincherado en la habitación, llorando en la bañera. Pero me niego a pasar una noche en Nueva York solo en la habitación apolillada de un hotel, así que saco fuerzas no sé muy bien de dónde y me lanzo a la calle decidido a comprarme un disfraz. Sigo tiritando, no llevo nada de ropa de abrigo y creo que tengo un poco de fiebre. Pero nadie dijo que Nueva York fuera fácil.

Entro en una tienda de disfraces llamada Spirit y está como si el demonio de Tasmania hubiera pasado por ahí justo antes de llegar yo. El dependiente me mira agotado, con cara de "Llévate lo que quieras y acabemos con este infernal día de una maldita vez". Apenas queda nada, no hay mucho donde poder elegir, pero queda poco tiempo para que cierren las tiendas y ya no puedo vagar más por la calle sin entrar en un *shock* hipotérmico. Es entonces cuando veo un disfraz muy conseguido de tortuga *ninja* que parece de mi talla. Tal vez no sea el disfraz con el mayor espíritu de Halloween, pero al menos es un disfraz. Me lo pongo en un probador de la tienda y salgo a la calle de esa guisa para meterme en un taxi. Nunca ganaré un Nobel por ninguna de estas decisiones.

Llego al West Village, donde está la casa de la fiesta. Llamo al timbre y me abre una chica disfrazada de Janis Joplin que me mira atónita para luego soltar una risa que sofoca con la mano. Paso al enorme vestíbulo, con un suelo de baldosas como un tablero de ajedrez —nunca olvidaré esas baldosas—, y es entonces cuando noto que algo va mal. Todo el mundo me mira y siento como si la música se parara. Escudriño con la mirada y me doy cuenta de que todo el mundo va disfrazado de *hippie*/melenudo/rockero sesentero. La decoración está tan trabajada y los *looks* los han preparado con tanto esfuerzo que parece que me hubiera colado por una puerta temporal en Woodstock. Y yo voy de Leonardo, la tortuga *ninja.* Soy la versión reptiliana de Bridget Jones con su disfraz de conejito.

Solo quiero arrodillarme, hacerme un ovillo y ponerme a llorar sobre esas baldosas ajedrezadas. Se me acerca Manolo entre la multitud, con un bigotazo como el de Frank Zappa, y algo apurado me dice al oído:

—¿No te dije que era una fiesta *flower power?*

—Claro que sí, Manolo. Claro que sí. Las tortugas *ninja* fueron las teloneras de los Who en Woodstock. Por eso vengo así.

Al día siguiente, por fin Halloween, llego al aeropuerto con un catarro considerable, una fiebre bastante alta, el corazón roto por la chica que nunca contestó y la dignidad por los suelos. A cinco minutos de la hora prevista de embarque, cuando deseo largarme de esa maldita ciudad y dejar atrás la pesadilla de Halloween, anuncian por el altavoz que el avión no va a poder despegar debido a unos problemas mecánicos. Para añadir más ridículo a la situación, todos los trabajadores de Delta Airlines van disfrazados, por lo que hay que soportar que un tipo caracterizado como Drácula y otro de momia sean los que nos den las pésimas noticias de la cancelación del vuelo.

La única alternativa que tengo para llegar a Madrid, por lo visto, consiste en volar vía Atlanta; pero ya al día siguiente, por lo que me perdería un día de trabajo con una reunión a la que tengo que llegar de manera ineludible. Necesito otra solución más rápida, así que los tipos de Delta Airlines, Drácula y el Vendas, que me ven un poco alterado y nervioso, me mandan a un mostrador de reclamaciones especiales que está en la otra punta del JFK. Cuando por fin llego a ese *stand* —murmurando en voz alta como un enajenado para ensayar el discurso que les voy a soltar—, veo al otro del mostrador a un tipo disfrazado con un disfraz de tortuga *ninja* idéntico al mío que me espera con una sonrisa de oreja a oreja.

—¿En qué puedo ayudarle?

El pasado siempre vuelve. A veces solo para reírse en tu cara.

El ciego de Wall Street

Todos los días, a media mañana, me gustaba ir a tomar café al mismo sitio de la calle William. A esa hora bullía siempre de trabajadores de Wall Street en mangas de camisa, con credenciales colgando del cuello, pidiendo a gritos desde el mostrador café, *bagels* y huevos revueltos, como si aún siguieran en el parqué de la Bolsa. Había que estar atento y rápido a la hora de hacer tu pedido. Como te trabaras un poco o pronunciaras algo mal, el chico del mostrador arqueaba las cejas con cara de adolescente nihilista y pasaba al siguiente cliente. No había tiempo que perder y, supongo, eso me divertía.

También me gustaba observar cómo el ejército de cocineros freía huevos y tiras de *bacon* chisporroteantes en una plancha enorme de cara al público y las pequeñas montañas separadas en las que iban atendiendo con perfecta sincronización y pasmosa diligencia los distintos tiempos de cada pedido. Pero, sobre todo, lo que más me gustaba era ver cómo limpiaban aquella plancha. Al contemplar ese rutinario proceso experimentaba una extraña satisfacción.

Una mañana templada de julio entró un hombre ciego. Iba vestido de forma impecable, con una chaqueta y un jersey fino de cuello alto que le daba un aspecto esbelto. Llevaba una barba de pocos días, aunque cuidada, con briznas canosas. En su mandíbula cuadrada lucía incrustada una media sonrisa permanente, como si estuviera posando para una foto y sin querer alguien le estuviera grabando en vídeo. Con sus discretas gafas de sol, se movía con un bastón prudentemente pero decidido entre todo aquel gentío. Parecía un gato cruzando la autopista. Mi cerebro procesaba preguntas a toda velocidad: ¿un ciego podía tener los dientes tan blancos? ¿Iba al gimnasio? ¿Tenía algún asesor estilístico? ¿Cómo era posible que un ciego fuera vestido mejor que cualquiera de los que estábamos ahí?

Notaba también cómo las mujeres le miraban y luego veía el sentimiento de contradicción que las invadía al darse cuenta. ¿Estaban siendo unas frívolas por encontrar atractivo a un hombre ciego? ¿Mirarle sin que él te pueda ver no es algo así como un abuso de poder?

Al día siguiente el ciego volvió. Y al siguiente. Y al siguiente. Pedía siempre un *bagel* de ensalada de pollo y un café americano. Dejaba propina en un frasco que rezaba: *"Mo' money, les' problems"*. Se manejaba con seguridad. Cuando alguien intentaba ayudarle, no sin ciertos reparos, porque parecía no necesitarlo, él declinaba el ofrecimiento amablemente. Había mucha elegancia en ser el único en moverse despacio, exhibía la cualidad de domar el tiempo. Cada día estaba más radiante. Siempre tenía un guiño coqueto en su forma de vestir: un pañuelo en el bolsillo de la chaqueta, el reloj por encima de la manga. Ninguna señal de agotamiento. Todo cuidado. Pero nada forzado. Con eso que los italianos llaman *sprezzatura*.

Lo más hipnótico de todo era observarle comiendo. Yo apartaba disimuladamente los ojos del *New York Times* —o del mucho menos distinguido *New York Post*— si nadie me estaba mirando y le observaba.

Se sentaba con la espalda muy recta, el bastón apoyado en cuarenta y cinco grados perfectos sobre una silla, y comía con delicadeza su *bagel*, partido en dos mitades. Masticaba lentamente. En completo silencio. Sin hacer nada. Sin consultar el móvil, sin leer el periódico, sin auriculares, sin hablar con nadie. Solo masticaba con parsimonia. Luego daba un pequeño sorbo a su café. Se limpiaba meticulosamente las comisuras de los labios con una servilleta de papel. Y vuelta a empezar.

¿Cómo se dice cuando un ciego parece que dirige la vista a un sitio concreto, pero sabes que no está mirando?

Apenas sin darme cuenta, poco a poco, cada día yo bajaba más arreglado. Recién duchado y afeitado. Peinado. Con alguna chaqueta. Colonia. Me esforzaba más en el gimnasio. Me quedaba nadando un cuarto de hora extra en la piscina. Subía de pesas. Empecé a salir a correr por las mañanas en ayunas por una zona tranquila pegada al río. Fui a que me cortaran el pelo en la peluquería Esquires of Wall St. Catorce dólares. Y antes de meterme en la estación de metro para ir a la universidad, me quedaba esperando al ciego dando tragos a mi café.

Un día dejó de ir. Tímidamente, pregunté a uno de los cocineros por él. Me enteré de que entre los cocineros le llamaban Don Draper. No había reparado en el evidente parecido. "No sé, simplemente dejó de venir", me respondió un cocinero con un pañuelo con la bandera de Puerto Rico en la cabeza, encogiéndose de hombros. Y luego se limpió las manos en el mandil y siguió con sus tareas en la plancha.

Me habría gustado hablar con aquel hombre ciego. Tal vez podría haber tratado de describirle cómo es una catedral, la de San Patricio, por ejemplo, como en ese cuento de Raymond Carver.

Al poco tiempo dejé de nadar ese cuarto de hora de más. Luego dejé de ir a la piscina.

Hay que elegir bien a quién miras. Curiosa lección, viniendo de un ciego.

Pequeño Maracaná

Entro en la que fue la casa de mis abuelos. Ya apenas quedan muebles. El salón está lleno de cajas de cartón vacías. En el largo pasillo hay libros que pertenecieron a mi abuelo apilados a los lados. Novelas negras, memorias de políticos, biografías históricas. Es curioso cómo los libros nos sobreviven y dicen más de nosotros que las fotos. Ahora veo quiénes fueron los autores favoritos de mi abuelo y siento que, de alguna forma, le conozco un poco más. Encuentro al lado de las memorias del médico de Churchill un libro que me perteneció alguna vez de pequeño: *Willow. Criaturas mágicas para colorear.*

Compruebo su interior. Todos los caballos están coloreados de morado. Supongo que sería algún tipo de homenaje *pop* a la vaca Milka. Luego hay páginas que parecen más bien coloreadas por Charles Manson estrenando una caja de ceras. Espero que este libro no diga demasiado de mí. Y que no me sobreviva.

La casa será vendida la semana que viene, así que he venido a echar un último vistazo. A decir adiós. Todavía no sé muy bien exactamente a qué. Cortamos la luz hace ya unos meses, por lo que hay que aprovechar antes de que se haga de noche para poder ver con claridad.

Entro en el cuarto en el que dormía con mi hermano cuando nos quedábamos en esa casa de vacaciones. En el espacio delante de las dos camas solíamos jugar al fútbol. No me explico muy bien cómo, viendo ahora el tamaño. Es como cuando ves un videojuego antiguo que en tu memoria se quedó petrificado como la tecnología más deslumbrante y ahora lo encuentras primitivo. El vano de la puerta del cuarto hacía las veces de una portería; el hueco resultante entre un mueble y el armario era la otra. El balón reglamentario de nuestros partidos era una pequeña pelota rosa de Disney de la que nunca supimos del todo bien su procedencia. A pesar de nuestros prejuicios hacia cualquier cosa rosa, las características de aquella pelota eran perfectas. Su tamaño, apenas más grande que una pelota de tenis, era el ideal. No botaba demasiado, era silenciosa y agradable al golpeo. Sin embargo, no nos hacía demasiada gracia jugar con algo de color rosa. Probamos otras alternativas, pero ninguna nos dio jamás un rendimiento comparable al de aquella pelota rosa de Daisy y Minnie. Era insuperable. Todas las Navidades volvíamos y sabíamos que aquella pelota nos estaba esperando en algún rincón, escondida debajo de alguna cama o de un sofá. Y que nos quedaban por delante días de vacaciones, partidos y ese ligero estado de anarquía que solo te dan los abuelos. Pequeñas victorias para niños, como irte a la cama sin lavarte los dientes porque sí.

La superficie de aquel cuarto también era la ideal para nuestros partidos. El suelo completamente liso, sin peligro de astillas y lo suficientemente encerado siempre para permitirte que te deslizaras en calcetines con cierta elegancia. Y también para asegurar algún par de cómicos resbalones como te descuidaras. Jamás te podías confiar. Cuántos goles cantados se truncaron en aquella habitación por un inoportuno resbalón en el último momento, cuando ya solo quedaba empujar la pelota, cuando ya estaba todo lo difícil hecho.

Álvaro y yo escribíamos en una libreta nuestros complejos torneos, imitando el cuadro de Wimbledon. Cada uno iba escogiendo un equipo. Y de cada equipo, tres jugadores. Los partidos los ganaba el que llegara a tres goles. Retransmitíamos los partidos en voz alta, con el mismo dramatismo que el locutor de los de Oliver y Benji. Comprábamos revistas de fútbol internacional en los quioscos para estar al tanto de los últimos movimientos del mercado y sorprender al otro con la elección de algún equipo exótico. Hubo una época en la que yo me pedía siempre el Corinthians del 98 y hablaba de jugadores que nunca había visto. Me gustaba celebrar los goles de alguna forma que resultara humillante para mi rival: un bailecito, quitándome la camiseta, haciendo el avioncito, dando una vuelta de honor por toda la casa o tirándome en plancha por el pasillo, tal y como se deslizan los pingüinos por el hielo. Mi hermano, siempre competitivo y de carácter algo mercurial, ya se encargaría de hacérmelo pagar luego con alguna entrada salvaje a la altura de la rótula.

En una ocasión, borracho de balón y poseído por mis ensoñaciones de futbolista profesional, lancé un potente disparo que partió el mueble que hacía de poste de una de las porterías. Recuerdo recobrar el sentido y contemplar horrorizado aquel escenario, como el que se despierta cubierto de sangre con un cadáver al lado.

Necesitábamos hacer algo rápido antes de que llegaran nuestros padres. Ya cargaban sobre nuestras espaldas los pesados cadáveres de un paragüero y una mesa, no podíamos permitirnos otra víctima. Entre los dos habían desarrollado un monstruo bicéfalo letal y complementario: mi padre echaba broncas de carácter psicológico emocional y mi madre se inclinaba más por la bronca intensa de profesora de colegio. Tras descartar el plan de hacer un petate con nuestras pertenencias y fugarnos a algún país sin tratado de extradición, terminamos entrando en razón y buscando alguna salida que nos pudiera sacar de aquel embrollo.

Así que, con la destreza y paciencia de dos ebanistas, logramos recomponer la madera del mueble con un bote de Super Glue que encontramos instantes antes de que llegaran nuestros padres. Contemplamos orgullosos nuestra obra e incluso la pusimos a prueba. Nunca se dio cuenta nadie. Era como estar mirando en el Louvre un Van Gogh que solo tú sabes falsificado. Puedo afirmar, sin temor a estar exagerando, que aquella restauración *express* es una de las situaciones de las que más orgulloso me he sentido de mí mismo nunca. La pondría en mi currículum, porque reúne todas las características que alguien de recursos humanos busca para un puesto de responsabilidad: liderazgo, gestión de crisis, presteza en la toma de decisiones y diligencia en la ejecución.

Una vez leí que el futbolista perfecto es el que es muy niño dentro del campo y muy hombre fuera del mismo.

Nunca llegué a ser futbolista. Pero conozco esa sensación.

Esos torneos los tengo asociados a las vacaciones de Navidad, al frío seco de Madrid, a mis primeros viajes en metro, a estudiar la Revolución rusa en mi Vicens Vives, al Burger King de Francisco Silvela, al ruido de Madrid colándose por mi ventana. A cuando todo era distinto, especial, único. Hasta el sabor del agua del grifo.

Pero ya es hora de despedirse. Dejo que la luz del día se encargue de bajar el telón. Sin tristezas, sin dramas.

Algunas noches, tumbado en la oscuridad de mi cuarto, todavía me pregunto qué fue de aquella pelota rosa.

La importancia de dar las buenas noches

Mi casa estaba en el 55 de Wall Street. El edificio fue construido en 1842, poco después del gran incendio de Nueva York. Luego fue adquirido por la casa Cipriani, que abrió uno de sus restaurantes en la planta baja. El edificio tiene una terraza muy agradable, con un patio rodeado de columnas de estilo jónico —sí, he tenido que googlearlo— donde banqueros, *brokers,* amantes, secretarias, agentes de *real estate* y *bon vivants* se juntan para tomarse al mediodía un bellini de Cipriani con el que atemperar los nervios mientras la batalla se libra en la calle. A mí, en cambio, lo que me gustaba era atizarme un dry martini en esa terraza al atardecer, entre las siete y las ocho, bajo esa luz mágica que te descarga de tensiones, viendo cómo las frenéticas calles del distrito financiero se iban vaciando poco a poco hasta convertirse en un barrio residencial.

La calle de Wall Street y los aledaños se cierran por la noche al tráfico, con lo que se convierte en una agradable zona peatonal con más seguridad que el Vaticano. Colocan en varios puntos estratégicos distintos coches patrulla y se activan rampas, supongo que para disuadir a insensatos de la tentación de hacer un alunizaje en la Bolsa de Nueva York o de intentar un atraco y escapar en moto, como Bane en la última de Batman. Locos siempre hay.

Todas las noches había apostado un coche patrulla debajo de mi casa. Durante las calurosas noches de verano, los policías, sin demasiado que hacer, salían del coche y hablaban de béisbol y chicas apoyados en el capó, mientras daban largos sorbos a sus vasos de poliestireno llenos de café de Dunkin' Donuts. Un policía me dijo que era injusta esa fama que tenían de comer muchos donuts, que era un mito. El estereotipo, me explicó, se debía a que el café de Dunkin' Donuts era el mejor de la ciudad *("cream & sugar,* chico") y sus locales estaban abiertos siempre, a cualquier hora. De ahí la generalización, de verles siempre con bolsas y vasos de DD cuando están de guardia. Había una pareja de policías que veía a menudo bajo mi casa: uno pelirrojo con el pelo alborotado y las manos mantecosas y el otro negro, alto, con *brackets* y mirada lánguida tras unas gafas graduadas de Persol. Era divertido escucharles discutir vehementemente sobre temas tan dispares como Alex Rodríguez, el calor, el mejor *spot* del lago Saratoga para pescar un *black bass,* Kobe Bryant o las Kardashian. Siempre que volvía algo achispado de madrugada, pasaba delante de ellos fingiendo entereza y les saludaba simulando que me levantaba un sombrero imaginario justo antes de entrar al portal. Ellos respondían levantándose sus viseras y deseándome buenas noches. Se convirtió en nuestro ritual.

El día antes de volver a Madrid, entré en un Century 21, una de esas horribles grandes superficies atiborradas de gente. Mi pobre y vieja maleta había salido por la cinta de equipaje del JFK como si la hubiera atacado un puma en la bodega del avión, así que necesitaba una nueva. La idea original había sido aprovechar la ocasión para darme un viejo capricho y hacerme con una Rimowa en la tienda de Monocle. Esas maletas siempre me han parecido el equipaje propio de alguien muy cosmopolita y muy viajado. Pero entre el alquiler, mis excesos neoyorquinos y los precios desorbitados de Monocle, la operación se presentaba bastante ruinosa. Tendría que conformarme con algo más económico. Por eso me encontraba, contra mi voluntad, en la sección Travel & Luggage del monstruoso Century 21 de la calle Fulton, buscando algo barato.

Comprar maletas es una situación bastante absurda si te detienes a pensarlo. No sabes muy bien en qué cualidades fijarte para llevar a cabo tu elección. Observas las ruedas como si estuvieras examinando los dientes de un caballo para tu granja. Luego le das un par de pataditas, supongo que para comprobar su resistencia y estabilidad ante situaciones de violencia extrema. Y cuando la dependienta te ve con cara de niño de la selva en mitad de la civilización, te hace todo tipo de preguntas técnicas, como si tuvieras un doctorado en maletas: "¿La quieres con válvula de compensación?". "¿Y geolocalizador?". "¿Las ruedas pivotantes?". "¿Mango telescópico?". "¿El material de la carcasa ignífugo?". Rodeado de tantas maletas de distintos tamaños, uno enseguida pierde la escala y la perspectiva de lo que realmente anda buscando. Se te embota el cerebro, como ocurre con el sentido del olfato cuando estás probando perfumes. Pese a todo, localicé una Samsonite gris metálico muy rebajada de un tamaño enorme, suficiente para meter cómodamente un cadáver sin necesidad de descuartizarlo. Se lo comenté a la dependienta. No se rio con mi broma. El neoyorquino siempre ha sido un público muy exigente.

Pagué y me fui con mi desproporcionada maleta-armario rodando por las calles de Nueva York mientras esquivaba a los cientos de turistas que subían y bajaban por Wall Street. Según arrastraba la maleta, iba pensando en lo que decía Casciari sobre la paradoja ruedas-maletas.

"Nunca se descubre nada a tiempo, siempre tarde. Pienso en la valija con rueditas, quizá el invento más útil del siglo XX, pero también la prueba de nuestra desidia. Porque la rueda se inventó al final del Neolítico y la valija común en el año 726.

Entonces, ¡catorce siglos estuvimos llevando las valijas en la mano, habiendo ruedas!

¿Por qué tardamos tanto en ponerle bolitas redondas a la valija, si las dos cosas separadas existieron siempre? Lo dicho: nos esconden la felicidad hasta el último momento".

Antes de subir a casa, paré en la puerta de un Starbucks justo enfrente de la Bolsa para chupar de forma vampírica y parasitaria su wifi. Mientras comprobaba las estupideces pertinentes en los grupos de Whatsapp y borraba varios *mails,* me entró una llamada de un número desconocido. Me puse a hablar y dejé la maleta algo desatendida. Total, no llevaba nada de valor en ella. Al finalizar la llamada, me di cuenta de que, inmerso en el fragor de la apasionante conversación con mi banco, me había puesto a andar y me había alejado considerablemente de mi maleta. Alrededor de ella se había formado un enorme vacío. Como si acabara de impactar un meteorito y hubiera volatilizado a todos los turistas que hacía un momento pululaban a su alrededor. ¿Cuánto tiempo había pasado? ¿Diez minutos? Máximo quince. Tuve la certeza inmediata de que algo no iba bien. Odio cuando eso ocurre. Y me sucede bastante a menudo. Notaba cómo los turistas reparaban en mi maleta gris sospechosamente abandonada en la puerta del Starbucks, cuchicheaban algo a sus seres queridos y salían huyendo de ahí a paso ligero. Poco a poco, fui acercándome disimuladamente con la intención de recuperar mi maleta —rodeada por un cordón de seguridad invisible— y salir huyendo.

Y entonces se formó la gozadera.

Antes de que pudiera llegar a mi maleta y hacerme humo calle abajo silbando, tal y como era mi improvisado plan de huida, aparecieron cuatro policías visiblemente alterados soltando códigos por sus radios sujetas con velcro al hombro. Rodearon mi maleta con suma precaución. Como si fuera un león herido.

Si bien los americanos son un poco alarmistas, los hechos de por sí eran bastante irrefutables como para elevar el estado de alerta: había una maleta nueva de un tamaño suficiente como para volar medio Manhattan y parte de New Jersey abandonada en la puerta de un Starbucks justo a la entrada de la Bolsa de Nueva York.

Raymond Chandler decía que era uno de esos bebedores que salían a por una cerveza y se despertaban en Singapur con una barba de diez días. Yo soy de los que salen a por una maleta y acaban cumpliendo condena en Guantánamo.

Cuando me aproximé a ellos, me recomendaron que no me acercara demasiado a la maleta. La gente les miraba con curiosidad y recelo desde una distancia prudencial. Podríamos decir que la situación se puso un poco tensa cuando les aseguré —agitando mi *ticket* de compra— que, *ejem,* yo era el dueño de esa maleta.

En mi defensa he de decir que soy lo suficientemente inconsciente como para manejarme con cierta frialdad en momentos tensos. Es uno de esos defectos que se convierten en virtudes. Me quedo tan bloqueado que parece que tengo la situación bajo control. Nada más lejos de la realidad. Una vez vi un documental sobre la serpiente *hognose,* completamente inofensiva y sin ningún veneno. Esta serpiente, cuando se ve amenazada por un depredador, se pone en posición de ataque y muestra sus colmillos para intimidar. Cuando ve que su farol no ha funcionado, cae fulminada al suelo y se hace la muerta repentinamente. Yo soy esa serpiente. Cuando las cosas se ponen feas, me hago el muerto. Al menos cerebralmente. Me pongo muy pálido, respondo con monosílabos y parezco inofensivo a la par que no especialmente espabilado.

—¿Es esta su maleta, señor?

—*Yes, officer.* —Me había preguntado un policía latino en perfecto castellano, pero yo respondí en inglés, como para hacer la pelota y subir nota.

No parecían muy convencidos.

En esas apareció mi *amigo,* el policía pelirrojo, alterado también. Tenía el rostro colorado a parches. Me reconoció enseguida y se le puso esa inconfundible cara de *qué-puto-circo-es-este.* Lo que me alegró ver a ese mantecoso rojizo salpicado de pecas no puedo ni explicarlo. Le saludé con tal efusividad que parecía que hubiéramos ido al colegio juntos desde pequeños en un pueblecito en Iowa. Cuando le puse atropelladamente al tanto de la situación, llamó a sus compañeros a la calma e hizo un apartado para explicarles que yo era vecino de la zona. Un vecino un poco lerdo, sí, pero un vecino inofensivo. Yo, mientras tanto, seguía agitando el *ticket* de mi compra como si me estuviera despidiendo de un barco en el muelle con todos mis seres queridos a bordo.

Se me acercó un policía gordo y me dijo que abriera la maleta delante de ellos. Hubo un poco de emoción, porque, por supuesto, no logré abrirla durante un rato —tenía un sistema de apertura tan sofisticado que aquello parecía la caja fuerte del Bellagio y no me lo habían explicado en la tienda—. Tras cerciorarse de que estaba vacía y de que yo tan solo era un europeo torpe, me dejaron marchar. Sin deportarme, algo que es de agradecer.

Es posible que, sin las gestiones de mi amigo pelirrojo, todo se hubiera complicado mucho más. Algunas noches recuerdo esa escena y me desvelo de la pura angustia.

Cuando me fui de ahí, le hice a mi amigo el gesto de levantarme el sombrero. Él me lo devolvió. Y luego hizo el gesto de limpiarse el sudor de la frente con el dorso de la mano.

Se llamaba Danny, por cierto. Precisamente como el policía irlandés de *Cualquier otro día,* una de mis novelas favoritas. No lo volví a ver.

Hoy, llenando de nuevo esa misma maleta para otro viaje, me he acordado de esta historia. Me gustaría decir que aprendí una valiosa lección de la experiencia, pero hace dos semanas me volví a dejar olvidada una maleta en la estación de Sants. Y mi cartera en el coche de un amigo. Y la tarjeta de crédito en un restaurante en Malasaña. Que me acabo de acordar que todavía no he ido a buscarla, por cierto. Soy de aprendizaje lento. Y muy despistado. Tiendo a complicarme la vida de la forma más absurda posible. Podría tomar mejores decisiones, sí. Incluso alguna inteligente, para variar. Pero sigo dejándome jirones de ropa por las esquinas de la vida. Y hasta me gusta. No me refiero a crear falsas alarmas terroristas. Pero sí que creo que, si me fijara más en esas cosas, posiblemente me perdería otros detalles en los que otros no reparan. Si ahora empezara a ser menos despistado, sería como operarme la nariz: no me reconocería. Me gustan los problemas. No existe otra explicación.

Eso sí, ahora doy las buenas noches a todo el mundo con el que me cruzo: taxistas, policías, barrenderos, vecinos, árboles o perros. Uno nunca sabe cuándo ser mínimamente educado te puede sacar de problemas serios. Ustedes ya me entienden.

El noble arte de montar un pollo

Si pudiera elegir un superpoder, escogería sin duda la capacidad de montar un pollo. Un buen pollo. Ser invisible, leer mentes o el don de la ubicuidad son superpoderes claramente sobrevalorados, según mi humilde punto de vista.

Siempre he envidiado a ese tipo airado que monta una escena dramática en un restaurante porque su champán no está a la temperatura adecuada. Admiro y siento deseos irrefrenables de ovacionar a ese marido que delante de su indignada esposa pide en un hotel la hoja de reclamaciones con el arrojo de quien desenvaina una espada para restablecer el honor mancillado de su amada.

Yo no puedo. No valgo para eso. No sé montar un buen pollo. Me vence la pereza. Me agota discutir y me supera una desidia que me sale por los poros. Sería capaz de beberme una botella de lejía en un restaurante con tal de no decirle al camarero que su vino es asqueroso y que lo devuelva a la cocina.

En una ocasión me encontré en un plato de espaguetis un gigantesco trozo de cristal en forma de hoja de cuchillo que podría haberme rasgado el esófago hasta morir desangrado lentamente. Avisé al camarero y cuando estaba a punto de darme explicaciones sentí un agotamiento existencial inmediato. Solo quería que me quitaran aquel cristal, terminarme el plato de espaguetis y leer mi periódico en paz. Pagué el menú religiosamente y el camarero, aliviado ante mi falta de hostilidad, ni siquiera me invitó a un café. Otro día, tras aterrizar en Santander en un vuelo desde Madrid, mi maleta apareció completamente destrozada e inservible, lo que tiene su mérito para un vuelo de apenas cuarenta y cinco minutos. Lejos de pedir una compensación y discutir con Ryanair, opté por irme a casa y sufrir en silencio el duelo por mi maleta.

La única vez que intenté montar un pollo fue por puro aburrimiento. Estaba de becario en un banco en Londres —era tan becario que tardé dos semanas en enterarme de que al jefe de mi departamento lo habían atracado y apuñalado durante sus vacaciones en una isla paradisíaca mientras yo seguía mandando *mails* a su asistente preguntándole dónde podía encontrar la leche desnatada en el área del café—. No tenía mucho que hacer y mi mayor trabajo era conseguir que nadie se diera cuenta. Un día me enteré de que la cadena de mi gimnasio en Madrid había abierto un nuevo establecimiento en Londres. Rápidamente, escribí un *mail* a los encargados:

Buenos días:

Me gustaría saber si, como socio de su gimnasio en Madrid, sería posible tener acceso al centro que acaban de abrir en Canary Wharf, Londres.

Muchas gracias.

Pasaron un par de días y, como no obtenía respuesta —y como tampoco tenía mucho que hacer—, decidí tomar cartas en el asunto, totalmente indignado.

Ante la falta de respuesta a mi mail, *me veo obligado a pensar que la atención a sus clientes brilla por su ausencia. Tendré que darme de baja de su gimnasio tan pronto como llegue a Madrid, vista su dejadez y falta de profesionalidad.*

Y, para que me tomaran en serio, firmé el correo con un puesto rimbombante y totalmente falso, de los que intimidan en LinkedIn: director de *project finance* y operaciones para Latinoamérica y Eurasia. Siempre he querido ser el encargado de cualquier cosa para Eurasia. Tiene resonancias imperiales.

Seguían pasando los días y nadie me respondía, mientras yo abría y cerraba el correo electrónico sin parar. Decidí romper relaciones diplomáticas y escribí un tercer *mail* completamente incendiario en el que prácticamente amenazaba con emprender acciones legales y declarar la guerra, poniendo en copia hasta a Vladimir Putin. Poco me faltó para despedirme con un solemne: *"Nos veremos en los tribunales"*.

Tomando café con un compañero, le conté la guerra fría que mantenía con mi gimnasio y este apuntó, de forma muy inteligente:

—¿Has comprobado que no te hayan llegado esos *mails* a la carpeta de correo no deseado?

Un sentimiento de angustia se apoderó rápidamente de mí. Dejé a mi compañero con la palabra en la boca, corrí al ordenador y abrí temeroso aquella carpeta que ponía *"Junk Mail"*.

Y ahí estaban, bien ordenaditos, todos los *mails* amabilísimos y desesperados —como botellas de un náufrago a la deriva en un océano de *spams* sobre Viagra y alargamientos de pene— de una pobre chica —tal vez becaria a su vez— que intentaba poner freno a aquella carrera armamentística en la que estábamos los dos enzarzados y que iba camino del precipicio. Todas sus respuestas tenían un margen de menos de cinco minutos respecto a cada *mail* mío. Eran un ejemplo de diligencia y atención. Por supuesto, me aclaraba, era más que bienvenido a su nuevo gimnasio y hasta me invitaban a una sesión con un entrenador personal.

Pero yo ya no podía dar vuelta atrás. Antes partir que doblar. Tenía que mantener mi dignidad como director de operaciones para Latinoamérica y Eurasia.

Gracias. Tengo una agenda tan apretada que mi secretaria debió de olvidar informarme de sus mensajes.

Por supuesto, no fui ni un día al gimnasio.

Así eres tú, así es el ritmo

Pero, chico, si no bailas, alguien baila por ti. Es la vida misma.

Ya solo habla de amor, Ray Loriga

Aquí estamos de nuevo, querido vidrio de Ikea. Otra vez. Tú y yo. El uno para el otro. Alejados del tumulto mientras suena *Pretty Woman* de fondo. Desde nuestra posición podemos divisar a un cincuentón con bigote y una prodigiosa tripa imitando en la pista de baile los pasos de Travolta en *Pulp Fiction*. Me tiene tan inquieto como fascinado esa asombrosa capacidad para mezclar películas. ¿Será un lapsus cinematográfico o es algún tipo de espontáneo homenaje a la obra de Tarantino? Nunca lo sabremos. La cuestión es que el tipo se mueve con gracia y seguridad. Baila como si nadie le estuviera mirando. Como si el *Pretty Woman* de Roy Orbison formase parte de la BSO de *Pulp Fiction* de toda la vida y los demás fuéramos los equivocados. Me fijo en sus pies. En sus manos. Baila bien el condenado.

Comienza a sonar otra canción. Una de Coldplay. Y tú y yo, querido vaso de origen sueco, permanecemos clavados en la barra, observando atentamente los trajes, los chaqués, las coloridas corbatas, las flores en el pelo, los tocados, el vestido blanco de la novia, girando todo a nuestro alrededor como si estuvieran montados en un tiovivo. Se los ve felices bailando, llenos de vida. Y yo me aferro a ti. Eres mi ancla cuando se sale un planeta de su órbita, un planeta precioso, enfundado en algún vestido ajustado de color eléctrico, y trata en vano de arrastrarnos a la pista de baile. Y esbozo una sonrisa y te señalo, querido vaso, como si fueras mi acompañante y no te pudiera abandonar. Eres mi coartada. Mi cómplice en este crimen. Mi aliado. Mi compañero en las trincheras. Y hago un gesto con el dedo: "La siguiente, la siguiente". Pero para la siguiente canción yo ya me habré esfumado, por supuesto. Me habré hecho humo. Ya no estaré ahí para cuando vengan a buscarme. Solo estarás tú, viejo amigo, vacío en la barra, haciendo de señuelo. Yo habré salido a fumar al jardín. Y eso que no fumo. O estaré en los baños. O me habré puesto a hablar con un camarero, con la abuela de la novia o con el primer borracho que me cruce. Lo que sea. Lo que sea con tal de no bailar.

Lo confieso: me da pánico bailar. Auténtico pavor. Llámalo miedo escénico. Llámalo corofobia. No me dan miedo las películas de terror ni las serpientes ni los aviones ni las películas de terror con serpientes en aviones ni la sangre ni la oscuridad ni los payasos diabólicos de Stephen King —bueno, esto último tal vez no sea estrictamente cierto: cada vez que emiten *It* por la tele cambio de canal y cierro la puerta de casa con llave—. Pero, si hay una cosa que me produce miedo, esa es bailar en público. Habrá quien no lo entienda. Me da igual. No soy Tony

Soprano y no tengo por qué avergonzarme de mis miedos, por irracionales que estos puedan parecer.

Nunca bailo. La cuestión es que jamás he sentido esa necesidad de"*expresarme a través del lenguaje de la danza*", como leo que algunos cursis dicen por ahí. Puedo estar profundamente emocionado escuchando una canción y al mismo tiempo permanecer inmóvil, hierático, aparentemente impasible. No tengo esa pulsión de mover los pies cuando suenan los primeros acordes de mi canción favorita. Es más, ponerme a bailar supondría estropear ese momento. Necesito los cinco sentidos para disfrutar de la música. Así que nunca bailo, aunque me han dicho que en contadas ocasiones me encuentro inmerso en tal estado de euforia etílica que lo mismo bailo como amanezco en el foso de los leones del zoo más cercano. Como no me acuerdo, esas ocasiones *a mis efectos* jamás han ocurrido. En condiciones normales, nunca bailo. Jamás. Ni cuando estoy solo. Ni en los conciertos. Ni cantando en la ducha. Nunca.

Mientras estoy escribiendo estas líneas, una actriz famosa presenta su nueva película en un programa de la emisora de radio que tengo puesta de fondo. Le comenta al locutor que para ella "bailar es una terapia". Yo, en cambio, necesito terapia para poder bailar.

A veces pienso que se trata de una condición heredada: mi abuelo nunca bailaba, mi padre nunca baila, mi hermano nunca baila. Y es curioso, porque este es un tema que jamás hemos hablado entre nosotros. Simplemente se trata de una actividad que detestamos hacer. Bailar nos irrita y despierta en nosotros una antipatía irracional, casi infantil, que solo se siente hacia el mejor jugador del equipo rival, el vecino ruidoso o el mueble con el que te golpeas el dedo pequeño del pie cuando vas descalzo a oscuras.

Ni siquiera creo que este pánico a bailar se deba a quedarme expuesto a la mirada ajena ni a un sentimiento de vergüenza: me gano la vida escribiendo, así que hace tiempo que perdí el sentido del ridículo. También tengo que hablar de vez en cuando en público y, si bien no es algo que me encante, logro realizarlo sin mayores traumas. Pero lo que me da pavor es plantarme en una pista de baile y no saber qué hacer a continuación con mi propio cuerpo. Es como conducir un coche sin frenos. Carezco de ritmo, *swing*, imaginación o lo que sea eso que se necesita para desenvolverse con soltura y naturalidad en una pista de baile. Todo lo noto forzado y absurdo. Me pongo tenso ante mi propia inoperancia. Es el miedo al vacío, a la nada, al abismo del precipicio. Puro *horror vacui*. Es el temido folio en blanco trasladado a una pista de baile. Como estar durante horas y horas frente a un examen del que no sabes ni una sola respuesta. Del que ni siquiera entiendes las preguntas, porque están redactadas en otro idioma.

Jake Clemons es desde hace unos años el saxofonista de la E Street Band de Bruce Springsteen. Ocupó en la banda el enorme hueco —tanto en el sentido literal como en el figurado— que dejó su fallecido tío Clarence Clemons, una auténtica leyenda. A pesar de llevar ya unos años tocando con la banda de Springsteen, Jake confesaba recientemente al director del *New Yorker* que todavía a día de hoy sigue teniendo terrores nocturnos y pesadillas recurrentes. En ellas, Bruce Springsteen decide cambiar el repertorio del concierto cinco minutos antes de empezar y él tiene que hacer el solo de una canción que no conoce frente a un estadio abarrotado. Esa misma sensación de terror y parálisis es la que me atenaza cada vez que tengo que bailar. Así me estén viendo diez o diez mil personas.

Hay un diálogo que me encanta de la película *Guardianes de la Galaxia* entre Star-Lord, ese remedo de Han Solo interpretado por Chris Pratt, y Gamora, la extraterreste de la que se enamora:

Gamora: Soy una guerrera y una asesina. Yo no bailo.

Star-Lord: ¿Sí? Pues en mi planeta tenemos una leyenda acerca de las personas como tú. Se llama *Footloose.* En ella, un gran héroe llamado Kevin Bacon le enseña a una ciudad llena de gente con palos en el trasero que bailar es lo más grande que hay.

Yo no tengo ningún palo insertado en el recto. Y, como Star-Lord, creo que bailar es algo muy grande. Lejos de odiar que bailen a mi alrededor, miro con cierta envidia a esos amigos que logran encadenar movimientos graciosos, improvisados, llenos de ritmo, hasta con cierto estilo, al son de una canción.

¿De dónde sale esa naturalidad? ¿Dónde aprendieron esos pasos de baile? ¿Quién les enseñó a llevarse la mano a la cadera en ese preciso instante? Incluso hay algunos que bailan mal muy bien, elevando a arte su propia torpeza.

Y sí. Ojalá supiera bailar como Kevin Bacon en *Footloose*.

O como bailaba el malambo —ese baile folklórico, salvaje, feroz— Rodolfo González Alcántara, el gaucho que describe bailando Leila Guerriero en *Una historia sencilla*:

Él era el campo, era la tierra seca, era el horizonte tenso de la pampa, era el olor de los caballos, era el sonido del cielo de verano, era el zumbido de la soledad, era la furia, era la enfermedad y era la guerra, era lo contrario de la paz. Era el cuchillo y era el tajo. Era el caníbal. Era una condena. Al terminar golpeó la madera con la fuerza de un monstruo y se quedó allí, mirando a través de las capas del aire hojaldrado de la noche, cubierto de estrellas, todo fulgor. Y, sonriendo de costado —como un príncipe, como un rufián o como un diablo—, se tocó el ala del sombrero. Y se fue.

O bailar como Elvis en Las Vegas. O como Ginger Rogers. Otras veces en las que estoy más nostálgico recuerdo una tarde de bochorno en Londres en la que me quedé boquiabierto con la elegancia de Tamara Rojo en el Royal Ballet. Y los días de lluvia me gustaría saber llevar el paraguas como Gene Kelly. O ser el Tom Jones de Las Vegas por una noche. O andar como un gato por los tejados al más puro estilo Sinatra cantando *I Won't Dance*. Y en los bares me encantaría moverme con la desvergüenza del patilargo Jarvis Cocker.

Y otras veces sueño que voy por la calle tal y como se paseaba el gran Watusi por las calles de Barcelona en los libros del añoradísimo Casavella:

El Watusi es un baile. Una manera de bailar, digo. Un baile de América que si lo bailas mal pareces un pringado. Y el Watusi de pringado no tiene nada. Y a bailar, macho, a bailar no le ha ganado nunca nadie. El Watusi ya camina como si bailase. Y cuando respira, o cuando fuma, te lo juro, respira y fuma como si siguiera un ritmo, como si estuviera escuchando una canción de puta madre en algún sitio. Y cuando se pone a bailar es como si se levantara un cristal que lo separa de los demás. El tío baila suave, pero con ritmo. Pisa como un tigre. Y puede hacerlo todo. La vuelta para atrás como Carmen Amaya o un taconeo como el Moira, pero en macho. Porque el tío es muy macho. Te lo puedes imaginar, un perro de la guerra, nada menos. Pero bailar, baila suave, corto, sin ocupar sitio, para que me entiendas. A mí me ha explicado que el ritmo viene de cómo eres. Así eres tú, así es el ritmo. Algo que viene antes que el compás. Porque hay gente que confunde el ritmo con el compás, pero no es lo mismo. A ver , yo conozco un puñado de basca que tiene compás para dar y vender. Pero no es lo mismo. El Watusi tiene ritmo, ritmo.

Siempre que vuelvo a leer esto, me invade una tristeza tremenda. Todavía no sé si por no poder bailar como el Watusi o por no saber escribir como Casavella. O por ambas razones.

Pero yo no bailo. Nunca. Aunque de vez en cuando amanezca con un mensaje en el móvil que rece: *"Ayer estuviste muy bailongo"* y un sentimiento de angustia me embargue, porque para mí eso es el equivalente a recibir algo como: *"Ayer corriste desnudo por la Gran Vía y terminaste vomitando en un coche de policía cuando te llevaban a comisaría esposado y gritando".*

Llámalo corofobia. Llámalo miedo escénico. Así soy yo. Así es mi ritmo.

Reflexiones bajo el sol ardiente

Hay ocasiones en las que uno se odia profundamente. Lo peor es cuando, encima, tienes toda la razón del mundo para hacerlo.

La semana pasada me encontraba visitando la impresionante Colección Frick, la otrora casa del magnate del acero Henry Clay Frick reconvertida a su muerte en coqueto museo a un costado de Central Park. El *New Yorker* recomendaba expresamente la exposición temporal cuya pieza estrella era el famoso cuadro de Frederic Leighton *Flaming June,* habitualmente en el Museo de Arte de Ponce en Puerto Rico.

Justo antes de entrar a ver el cuadro, me detuve a leer el panel explicativo sobre obra y autor a la entrada. Cuando ya tenía delante el lienzo, me dejaron impresionado el ardiente naranja del vestido y el mar encendido al fondo. Y fue entonces cuando me di cuenta de algo terrible: era incapaz de recordar ningún dato de los que acababa de leer acerca de la obra. Nada. Cero. *Tabula rasa.* ¿Cómo era eso posible? Volví sobre mis pasos y reconstruí mis movimientos hasta darme cuenta de que *realmente* no había leído el panel. En su lugar, había hecho lo siguiente, en riguroso orden cronológico:

1. Leer una línea hasta la primera aparición del título *Flaming June*.
2. Abrir Wikipedia para averiguar el título del cuadro en castellano —capaces éramos de haberlo titulado *Algo pasa con junio* o *Las locas aventuras del mes de junio*—.
3. Mientras se cargaba la página de Wikipedia —el wifi del museo era insoportablemente lento—, entrar en Twitter para aligerar la espera.
4. Guardar en Pocket un par de enlaces que pasaron por mi TL de Twitter: uno de un artículo del *New Yorker* sobre la vida de los judíos ortodoxos y otro de *Time Out* sobre los diez mejores sitios para comer tacos en Nueva York.
5. Dar FAV a varios tuits ingeniosos relacionados con la muerte del león Cecil.
6. Meterme en Instagram y dar *like* a la foto del perro salchicha de un amigo.
7. Leer en diagonal un artículo sobre un nuevo posible fichaje del Real Madrid.
8. Volver al cartel y pasar por encima de las últimas dos líneas sobre *Flaming June*.
9. Entrar a ver el cuadro.

Por supuesto, para cuando entré ya me había olvidado de averiguar el nombre en castellano del cuadro. Ni siquiera sé, a día de hoy, dónde comer los mejores tacos de Nueva York, porque jamás llegué a leer ese artículo.

Simplemente me había perdido en la vorágine de internet, arrastrado por la corriente de las redes sociales, incapaz de prestar la suficiente atención a un cartel de apenas treinta líneas.

Y me odié y me asusté a partes iguales.

No es la primera vez que me pasa algo así, por supuesto. Es algo que llevo notando de un tiempo a esta parte. Siento que mi capacidad de atención cuando leo en internet ha disminuido notablemente. Leo un mayor volumen de artículos, sí, pero abandono más a mitad de camino. Me cuesta acabar columnas de periodistas que antes leía con fruición. He de imprimirme crónicas largas para ser capaz de terminarlas. Pierdo el hilo y me distraigo con artículos de más de cinco mil palabras. Empiezo a leer una historia sobre la corrupción en Rusia y, sin saber muy bien cómo, termino viendo en Youtube un vídeo de una anaconda engullendo a un cocodrilo. Hago *scroll* antes de empezar un artículo para saber cuánto tiempo me va a ocupar. Siento una oscura y perversa atracción por esos artículos con listas que luego critico abiertamente en público con el mentón alzado. Ni siquiera logro atornillar del todo a mi memoria los libros que leo en mi *ebook*.

David Brooks escribía recientemente en un artículo para el *New York Times* que, efectivamente, leemos en pantalla y en papel de manera totalmente distinta. Somos dos personas diferentes, dos lectores diferentes, porque, al fin y al cabo, usamos distintas partes del cerebro para ello. La forma de movernos por la pantalla hace que saltemos de una línea a otra, que quitemos mucha paja y que leamos en diagonal tratando de ir rápidamente al núcleo de la información, haciendo paradas para comprobar nuestro *mail,* las redes sociales, cotejando la información abriendo *links* sin parar. En papel, en cambio, somos más analíticos, leemos de forma lineal, nos concentramos más, nos fijamos en la forma narrativa y relacionamos la información que recibimos con nuestra propia experiencia.

El problema que percibo es que esta forma de leer en web está contagiando a mi forma de leer —y atender— en la vida real, como en el caso del museo, en el que me sorprendo a mí mismo siendo incapaz de reunir la atención suficiente para leer treinta míseras líneas. Enseguida huyo a Twitter, Instagram, Facebook o Whatsapp, que son como fiestas de veinticuatro horas en las que siempre hay ambiente y a las que asomo el hocico para huir de la soledad —soledad que puede ser los diez segundos que espero a que se ponga el semáforo en verde; soledad que puede ser aún más intensa si estoy en una fiesta rodeado de doscientas personas—. Cuando una conversación me aburre, me meto en Twitter y observo en mi TL cómo estalla una auténtica pelea de bar por cualquier nimiedad.

Noto que todo esto está cambiando de manera vertiginosa mi forma de procesar y asimilar la información. Realmente siento que mi cerebro está cambiando. Para mi tranquilidad, la neuróloga Susan Greenfield sostiene que esto es normal. Nuestro cerebro es tremendamente flexible. Y todavía no nos hemos adaptado. Por eso no tengo que asustarme tanto por perderme goles de mi equipo de fútbol leyendo tuits acerca del partido que precisamente me encuentro viendo. O por tener que rebobinar un capítulo de mi serie favorita porque estaba enfrascado en una conversación inane de Whatsapp.

Mis últimos refugios frente al amenazante *multitasking* son aquellos en los que me es imposible o está mal visto usar el móvil, la *tablet* o el ordenador. Es decir, en la piscina, en la ducha, en el cine o en funerales. Por eso, cuando quiero aislarme voy a nadar, me ducho o me meto en el cine. De momento es menos engorroso que tener que matar a alguien para acudir a su funeral.

Últimamente un recuerdo de mi infancia viene a mí con cierta insistencia. Tuve la suerte de crecer en una casa obsesionada con la prensa. Cuando era pequeño, mi padre compraba a diario, sin excepción, varios periódicos de información general y luego el *As* y el *Marca* para un servidor. Mi pasatiempo favorito nada más llegar a casa a la hora de comer consistía en agarrar los periódicos, todos, aunque me concentrara en los deportivos. Con mi botín de papel, corría a leerlos tumbado en el suelo, justo debajo de una ventana en la que el sol calentaba la madera al mediodía. Y nada conseguía distraerme. Me absorbían por completo. Leía todas sus páginas con detenimiento, de arriba abajo. Porque sabía que aquella iba a ser mi única fuente de información sobre todo lo que me interesaba, lo que para mí construía el mundo hasta el día siguiente, cuando, milagrosamente, el mundo comenzaba a construirse de nuevo.

Ahora que tengo acceso inmediato a toda la prensa del mundo, ahora que soy un nuevo rico de la información, echo de menos aquel ensimismamiento, ese silencio.

Hoy soy un adulto que añora la capacidad de concentración de un niño de nueve años.

Por cierto, el cuadro en español se llama *Sol ardiente de junio.*

La noche que bailé con Beyoncé

Madrid, un sábado pseudoprimaveral
y lluvioso, hacia las nueve de la noche

Con una soberana resaca azotando el techo de mi cabeza, salgo de la ducha mientras una voz interna no deja de repetir el mismo nombre una y otra vez: HOLLY. HOLLY. HOLLY.

Holly es la prima de un amigo inglés, Nick, al que había conocido unos veranos atrás en Londres. Su querida prima Holly se acaba de instalar temporalmente en Madrid para hacer unas prácticas y mi buen amigo me había pedido de manera reiterada que fuera a cenar con ella, porque —y aquí cito textualmente— "es un chica muy simpática, divertida, muy guapa y así le enseñas Madrid, porque no conoce a nadie y debe de estar muy aburrida".

Superada mi habitual reticencia hacia este tipo de citas a ciegas, cruzo un par de mensajes y finalmente quedo a cenar con Holly un sábado. Aquel sábado.

Si algo tenemos los imbéciles de remate y sin solución, es una asombrosa capacidad de imaginación, por lo que, sin darme cuenta, sin saber cómo y sin conocerla aún de nada, ya estoy perdidamente enamorado de la tal Holly.

Me encanta su nombre: Holly. Me recuerda a Audrey Hepburn en *Desayuno con diamantes.*

Me imagino a una chica de elegante estilo y ojos castaños que, con un acento inglés propio de su educación en Cambridge, hace comentarios ingeniosos toda la noche y comparte aficiones, libros y discos favoritos conmigo.

Mientras voy andando por Alonso Martínez para llegar al restaurante italiano en el que hemos quedado, ya me doy cuenta de que he perdido totalmente el control de la situación cuando me sorprendo a mí mismo pensando en los nombres de nuestros futuros hijos.

"Chico, no te embales", me repito sin cesar.

Ensimismado en mis pensamientos, llego al restaurante y cuando estoy a casi cien pasos del restaurante italiano busco con la mirada a Holly.

Y entonces la veo.

Ella, haciendo gala de las costumbres inglesas, está esperando en la puerta del restaurante puntualmente.

Ella, haciendo gala de las costumbres inglesas, lleva una curda encima de órdago, una lata de cerveza en la mano y está fumando un pitillo con la misma elegancia y gracia que un camionero en un área de descanso.

Ella, haciendo gala de las costumbres inglesas, va maquillada como si viniera de hacer un trío con el payaso de Micolor y el del McDonald's, su pelo parece el nido de unas golondrinas y su vestido presenta lamparones por todos lados.

“¡Dios! ¿Quién eres tú y qué has hecho con mi Holly?”.

Y no. No voy a mentir. No voy a decir ahora eso de “Ni siquiera me fijé en su aspecto físico, porque solo me fijo en el interior de las personas, ya que lo que busco es crear vínculos emocionales, no el vulgar placer carnal”.

No.

Porque, para ser francos y en honor a la verdad, diré que en ese momento, en ese preciso instante, lo primero que pensé fue en tirarme a la carretera para que me atropellara el primer autobús que pasase por ahí.

Y eso es así.

Porque Holly, mis queridos lectores, Holly era de belleza distraída, presentaba un aspecto deplorable y su rotunda anatomía de vikinga dejaba a su primo de cien kilos y metro noventa en una piltrafilla.

Pero volvamos al restaurante. Nos damos dos besos. Su pelo huele cerveza y a tabaco. Peor. Huele a cerveza y a cenicero.

Peor. Huele a cerveza y a ese olor que se impregna en las cortinas y en los jerseys tras una fiesta en tu casa en la que todo el mundo fuma hasta las tantas y al día siguiente aparecen montañas de cigarrillos apagados en copas con restos de whisky.

Así olía mi querida Holly.

Mi otra Holly, la elegante chica educada en Oxford que leía a Oscar Wilde en sus ratos libres, es decir, la Holly imaginaria, la que olía a jazmín, pan recién hecho y ropa blanca, no aparece por ningún lado por mucho que mire a mi alrededor.

Mientras un camarero nos acompaña a nuestra mesa, Holly me dice algo, pero no presto demasiada atención, porque estoy maquinando mentalmente la forma de enviar una carta con ántrax a mi supuesto amigo por tramar tan vil emboscada.

Me confiesa, por si no había reparado en sus torpes movimientos, que ha estado bebiendo "un par de cervezas" con unas amigas antes de venir y que viene "algo achispada".

Finjo sorpresa.

"Achispada, dice. Lo que vienes es con una tajada propia de un general checheno".

Nos sentamos y comienzo a leer la carta en silencio, deseando que sea una muerte rápida e indolora. Pero su estridente voz interrumpe mis pensamientos.

—Así que este es el típico restaurante español —dice Holly mirando con los ojos muy abiertos a su alrededor.

Echo un vistazo alrededor. Echo un vistazo a la carta. Echo un vistazo al nombre del restaurante.

"¿Pero qué coño está diciendo de típico restaurante español?".

Solo falta al lado de nuestra mesa un cocinero con bigote, vestido de blanco, llamado Giovanni, manchado de harina y tirando al aire la masa de la *pizza* para que cumpla todos los tópicos de un restaurante italiano.

Le trato de explicar a Holly que, en realidad, es más bien un restaurante italiano, pero noto que no me hace ni caso.

Las manazas de Holly intentan encender un pitillo con la vela de nuestra mesa. Yo me quiero cortar las venas con el cuchillo de la mantequilla. El romanticismo de la escena se puede tocar con los dedos. *Love is in the air.* Viene el camarero.

—¿Les tomo nota? —pregunta educadamente.

—¡Sí! —contesta Holly muy apresurada—. Yo quiero... ¡¡¡PAELLA!!!

Bien, mis queridos lectores, tanto mi capacidad lingüística como mi nivel narrativo no son suficientes para poder plasmar en un folio con palabras la cara que puso el camarero al oír semejante petición.

El camarero me mira con esos ojos de "¿Qué diablos le pasa a esta tía?".

Yo miro al camarero con esos ojos de "Por favor, trae una escopeta, pégame un tiro y acaba con esta agonía aquí mismo".

Tras explicar el camarero con su inglés de la Alcarria que no había paella (*Here no paella, here pasta, darling*), al final Holly se decanta por unos carbonara.

En ese momento en el que trato de decir lo que quiero cenar yo, Holly me interrumpe y suelta un grito:

—¡¡¡Y vino!!! *¡¡¡We want* vino!!!

Y luego estalla en una carcajada tan estridente que habría hecho esconderse a una hiena bajo una mesa.

Cuando nos traen el vino, me quedo asombrado con el ritmo que impone mi querida Holly. Pimplada tres cuartos de la botella, cada uno por motivos diferentes, ella por el evidente cuadro de alcoholismo que presenta y yo para olvidar esto que me está ocurriendo, Holly acerca mucho su cabeza a la mía y me susurra esa pregunta con la que todos hemos fantaseado que nos haga una chica en esa primera cena.

—¿Sabes dónde puedo comprar porros?

Me quedo en silencio quince segundos. Pestañeo. Cambio de tema.

Vino. Tiramisú. Más vino. Un par de preguntas tan incoherentes como improcedentes por su parte. Y la cuenta. La bendita cuenta.

Veo la luz al final del túnel.

Salimos fuera y está diluviando. Pide un pitillo a un espontáneo por la calle que le da un Marlboro Light. Se gira hacia mí y me dice que probablemente eso sea lo único *light* que ha tomado en su vida. Y estalla en su ya extrañamente familiar carcajada de lunática.

Cuando para de jarrear, empezamos a andar por las calles mojadas de Madrid.

—¿Adónde vamos ahora? —me pregunta clavándome su mirada y batiendo sus párpados adornados con lo que a mí me parece a primera vista Titanlux, pintura de plomo.

Lento yo de reflejos, dejo que la mente etílica de Holly empiece a funcionar y, tal vez por una revelación divina, suelta que quiere que la lleve a bailar y que baila fenomenal, y que sus amigas dicen que baila igual que Beyoncé.

Pienso en Beyoncé. Miro a Holly. Pienso en esa mujer de ébano, toda muslo, toda tendones, toda ritmo y sensualidad. Miro a Holly.

Beyoncé. Holly.

Beyoncé.

Holly.

¿Me estará hablando en serio?

Sin embargo, cuando me quiero dar cuenta, estoy entrando por la puerta de una discoteca infame, deseando llegar a la barra y hartarme a copas.

Dejo el abrigo en el ropero y me dirijo como un tiro a por un *gin tonic.*

Desde la lejanía de la barra observo a Holly. Está en la pista de baile, danzando de una manera bastante fogosa con lo que parecen dos australianos, a ritmo de *reggaeton.*

"Ah, mi querida Holly".

Al cabo de veinte minutos, desafortunadamente, tanto mi copa como los australianos han desaparecido y Holly se me acerca, contoneándose rollo mujer fatal, y me susurra al oído sensualmente, o al menos eso cree ella:

—Pídeme un whisky con agua... Y luego te vienes a bailar conmigo.

Y ahí que me planto, con un whisky con agua en una mano y un *gin tonic* en la otra, en el centro de la pista de la discoteca, como un reo esperando su ejecución en el corredor de la muerte, viendo a Holly contorsionarse como si estuviera haciendo algún tipo de ritual de apareamiento ancestral. Algo así como una mezcla entre la danza del vientre de Shakira y los movimientos de un pavo real.

Y justo en ese preciso instante, de pronto, algo trágico sucede. El DJ, compinchado con el diablo, parece dispuesto a amargarme la noche y decide poner un tema de Beyoncé.

Y entonces se desata la locura.

Holly chilla, levanta los brazos, se mueve, se tropieza, agita las manos, hace un paso de baile inverosímil, pone muecas de bailarina profesional, se tambalea, salta, canta, grita y solo acierta a decir: "¡¡¡BEYONCÉ!! ¡¡¡BEYONCÉ!!! ¡¡¡BEYONCÉ!!!" mientras me empieza a rodear bailando de una forma absurdamente desacompasada.

Solo diré que ha pasado más de un año y aún me despierto por las noches, con sudores fríos, soñando con esos bailes a mi alrededor con Beyoncé de fondo.

No sé cuánto tiempo pasé ahí dentro bailando con Holly. Pudo ser media hora. O una hora. El caso es que a mí me parecieron días.

Cuando salimos de la discoteca, yo casi me arrodillo a besar el suelo, como el papa.

Y lo hubiera hecho, pero mi querida Holly se puso a vomitar al poco de salir a la calle.

***

Llaman a la puerta. Abro y me encuentro a un tipo con chubasquero y casco de moto portando mi *pizza.* Pago y, cuando entro otra vez en casa, me pongo a pensar en Holly.

No. No fue la mujer de mi vida. Desde luego que no. Pero nos seguimos mandando *mails* de vez en cuando. Recuerdo que la despidieron de la correduría de seguros donde estaba de prácticas por llegar tarde varios días seguidos. Y durante un tiempo la primera foto cuando googleabas su nombre era una en la que salía con un cono en la cabeza.

Disfrutemos del viaje hasta el destino, con sus curvas, sus precipicios y sus baches. Y con sus Hollys.

Lo divertido es el trayecto. Siempre el trayecto.

Las palmeras que se mueven

El escritor guarda silencio durante unos segundos. Nota que tiene la boca seca. Deposita sus gafas con extrema suavidad en la mesa del estudio de grabación, tal y como haría un cirujano con su instrumental quirúrgico. Se aprieta el puente de la nariz con las yemas de los dedos. Entiende el juego, conoce bien las rutinas de las entrevistas. El escritor bebe un poco de agua, sabe perfectamente qué pregunta vendrá a continuación. Desplaza ligeramente, apenas un centímetro, la base de su micrófono.

La voz cavernosa del famoso locutor de radio no le defrauda:

—Y dígame, ¿qué libros o autores le influyeron a la hora escribir?

El escritor sabe qué se espera de él. Una respuesta digna, algo a la altura de las circunstancias, que sugiera que posee una mirada transversal, profunda, inteligente. Que no demuestre ansiedad por apabullar con la cultura que se le presupone. Una respuesta que sirva también de homenaje a otros colegas de profesión. Tal vez un guiño a algún autor local. Tantos premios a sus espaldas. Tantas ediciones. Tantas traducciones. Tantas conferencias con un vaso de zumo de naranja. "Si hay jugo, hay lana", le suele decir siempre su editor mexicano con esa sonrisa llena de dientes pequeños.

—Y dígame, ¿qué libros o autores le influyeron para escribir?

Tiene una respuesta atravesada en la garganta desde hace años. Pero hoy le molesta de manera especial. Carraspea. Se vuelve a poner las gafas con la misma extraña delicadeza. Y una catarata de palabras le empieza a salir por la boca nada más abrirla.

—Wally. El tipo ese de las gafas y el gorro de lana. El del jersey a rayas con mirada pánfila. ¿Sabe quién le digo? Sí, ese Wally al que hay que encontrar. Bien, pues ese tipo fue el que más me influyó para escribir. Sin duda. No se ría. Me pasaba horas y horas delante de aquellos libros: el azul, el rojo y el amarillo. Me los sabía de memoria. Pero, francamente, siempre me dio un poco igual encontrar a Wally antes o después que los demás. A mí lo que me divertía era imaginarme las historias paralelas de los que le rodeaban. Ver qué estaban haciendo los otros, los figurantes, los extras en el universo de Wally. Y me encantaba esa idea de pensar que nadie más en el mundo estaría apreciando ese diminuto detalle en ese preciso instante tal y como lo estaba haciendo yo. ¿No es acaso algo absurdo fijarse solo en una persona e ignorar por completo al resto únicamente porque así son las reglas del juego? A fin de cuentas, Wally era un viajero, ¿no? Se supone que el tío se desplazaba por todo el mundo con el propósito de ver otras culturas y vivir aventuras. Para aprender. Hasta viajaba en el tiempo. Así que parece lógico deducir que se tenía que estar cociendo algo interesante por esos escenarios. Y yo me reía solo, atendiendo a esas pequeñas historias, pensando en cómo habrían llegado hasta ahí esos seres anónimos, amontonados, esquinados, abigarrados, ignorados. El gordo que pincha con la sombrilla a un hombre enterrado en la arena. El del trompazo esquiando. El tipo con barba de náufrago que lleva encerrado años porque no logra salir de un laberinto. Por eso creo que, luego, cuando empecé a ir a los estadios de fútbol me quedaba mirando al resto, a los aficionados. En los restaurantes no observaba tanto la carta como a los otros comensales. No miraba nunca al que tocaba la guitarra en el metro, sino a los que miraban al que tocaba la guitarra. En el supermercado me imaginaba las vidas de los otros, sus rutinas, sus dietas, echando un vistazo a su carrito o cuando colocaban su compra en la cinta de la caja para pagar. En los vuelos me entretenía pensando en qué harían con sus vidas cada uno de los pasajeros cuando aterrizaran. ¿Qué hacían volando, como yo, un martes de invierno por la noche a Manchester? ¿Cuáles eran sus historias? Yo tenía muy claro por qué fui a Manchester. Pero ¿y toda esa gente? ¿Por qué viajaban un martes lluvioso a una ciudad tan fea? Todo esto y no otra cosa fue lo que me lanzó a escribir. Todo esto me lo dio Wally. El de las gafas y el gorro. El del jersey a rayas y mirada pánfila. Si quiere, ahora me puedo poner algo más trascendental e inventarme que leía a Kafka con diez años. Que Paul Auster cambió mi vida. Si quiere puedo llamar *Gabo* a García Márquez para transmitir cierta sensación de familiaridad con la obra y el autor. O proclamar que por norma general ya no leo a nadie que no lleve por lo menos un siglo muerto. O que el sentido del humor de Ibargüengoitia me hizo agarrar el boli y el papel como si fuera una llamada a las armas. Pero no. Si soy sincero conmigo mismo, que no siempre lo soy, todo fue por Wally. ¿Sabe cómo se llama mi perro? Gatsby. Pero solo porque me parecía más elegante que Wally.

Todos en el estudio se quedan en silencio pensando que tiene algo más que decir. El locutor de voz cavernosa estalla en una carcajada de malo de película que va traqueteando y petardeando como un coche hasta que se queda sin gas y se para del todo, tras un buen rato. El escritor se pregunta si creerán que es una *boutade* posmoderna. Si su editor le echará la bronca. Si recibirá cartas iracundas de lectores ofendidos de Manchester por insultar su ciudad. Pero le alivia por lo menos haber hecho reír a alguien.

El escritor sale de la emisora de radio y un coche le está esperando a la salida. Entra en su hotel. Le gusta especialmente el ventilador de aspas gigantescas del vestíbulo. En esa ciudad hace un calor pegajoso al que nunca se acostumbrará. Entra en su habitación y abre el grifo de la ducha. Mientras deja correr el agua fría, pide al servicio de habitaciones que le suban un sándwich club y una botella de vino blanco. Se envuelve en el mullido albornoz. Enciende la televisión. Se viste con un documental sobre Hitler sonando de fondo en el Canal Historia. Sale a la terraza. Empieza a caer la noche. Su habitación da a la entrada de un teatro . Hay personas saliendo de ver una obra. Como hace una noche agradable, se quedan hablando en la entrada. El escritor saca una libreta. Y empieza a tomar notas. Las palabras que dicen. Cómo van vestidos, cómo se despiden entre ellos, cómo se suben a los taxis. Las palmeras que se mueven.

Los leones de nuestros sueños

Así que si hoy amaneces y los pies te están doliendo
es porque estuviste toda la noche caminando por mis sueños.
Taberneros, Nacho Vegas

Una noche del verano pasado, fondeados cerca de la isla de Vis, no conseguía dormir por el insufrible calor en mi camarote y unos mosquitos versión vampiro que me estaban dejando a cero los glóbulos rojos.

Salí a la cubierta del barco. Hacía una noche estupenda y las estrellas parecían chinchetas sujetando una inmensa cartulina azul marino. Una estampa de postal, de no ser por el repugnante olor que emanaba mi cuerpo tras haberme embadurnado, en un acto de desesperación y enajenación transitoria, con una cantidad de repelente de mosquitos suficiente para espantar insectos, aves, mamíferos y cualquier especie subacuática en un radio de cuatrocientos kilómetros.

La pequeña isla de Vis, en la región de Dalmacia (Croacia), estuvo cerrada al público hasta los noventa, ya que era una base militar del ejército yugoslavo. Con la independencia de Croacia, se volvió a abrir al público. Ahora es famosa por sus viñedos. Producen un vino blanco autóctono de cierta fama llamado *vugava*.

Abrí una botella de vugava que había comprado esa misma tarde a un tal Držislav, un simpático exmilitar reconvertido en bodeguero capaz de matar un oso con sus propias manos.

Me puse la primera copa y empecé a leer el libro que me había regalado mi amigo Coru. Se trataba de un maravilloso libro sobre la vida de Juan Belmonte, el torero que rompió moldes en los años veinte y que bailaba con la muerte cada vez que salía al ruedo. Lo escribió Chaves Nogales sin haber pisado una plaza de toros en su vida.

En uno de mis capítulos favoritos, el libro cuenta la infancia de Belmonte en el barrio de Triana, cuando aún no era Belmonte, sino simplemente Juanito, un niño de diez años que malvivía sin un duro partido por la mitad, como una especie de Lazarillo de Tormes, con la cabeza llena de pájaros y el estómago rugiendo de hambre, gloria y sueños.

Tal era su afán de aventura que empezó a devorar de forma compulsiva todos los libros de Julio Verne, Salgari y Sherlock Holmes que caían en sus manos; un día era un corsario surcando las aguas del Orinoco, al otro resolvía crímenes en Baker Street y a la mañana siguiente se despertaba convertido en un espadachín al servicio de la reina de Inglaterra.

Sin embargo, las aventuras que más le emocionaban, las que más lejos hacían volar su imaginación, eran aquellas que versaban sobre valientes exploradores que cazaban fieros leones en las inhóspitas selvas africanas. Aquellos cazadores que miraban a la bestia a los ojos y, con sangre fría, la derribaban de un certero disparo justo cuando algún inocente estaba a punto de morir despedazado bajo sus garras.

Juan, descalzo y con la cara sucia, se moría de la emoción al recorrer con el dedo la tinta de estas páginas. Como su educación era escasa, le costaba reconocer los límites entre realidad y ficción.

Un buen día, con la imaginación saliéndole por las orejas, convenció a un amigo igual de loco, fantasioso e insensato que él de irse a cazar leones a ese lugar llamado *África salvaje.* Hicieron cálculos, robaron las monedas que la gente dejaba en los cafés, empeñaron sus escasas pertenencias, compraron un par de rifles absolutamente inservibles, hicieron un petate y se pusieron en marcha.

Como un Quijote y un Sancho en miniatura, estuvieron andando varios días bajo las estrellas, sin más compañía que algunos siniestros cuervos, tragando polvo, muriéndose de calor por el día y temblando de frío por la noche, maldurmiendo en establos, compartiendo pulgas con caballos y cerdos, ardiendo de fiebre y añorando sus familias.

Pero sin desfallecer. Porque rendirse no era una opción. Tenían que llegar a África y cazar leones. Como fuera.

No resultará una sorpresa para nadie saber que lo más lejos que llegaron aquella pareja de pobres infelices fue a Cádiz. Que no es precisamente el África salvaje. Y nadie se llevará las manos a la cabeza al saber que aquellos niños nunca encontraron leones por la Tacita de Plata.

Pero lo que tal vez no sepan, lo que puede que les sorprenda es que, lejos de volver a casa derrotados, avergonzados y con la cabeza gacha ante el evidente fracaso de su empresa, aquellos dos niños volvieron encantados, satisfechos y henchidos de orgullo. Porque cuando estaban a punto de rendirse, muertos de hambre y calor, tras subir una interminable cuesta, descubrieron ante sus ojos el enorme mar de Cádiz extendiéndose bajo sus pies como una inmensa alfombra azulada. Un mar que jamás habían visto y del que tanto habían oído hablar. Un mar cuyo olor "*se les metía por el sentido*".

A veces una imagen ruge más que mil leones.

"*No habíamos conquistado el África salvaje, no habíamos cazado leones. Pero sabíamos ya cómo era el mundo. Le habíamos perdido el miedo. Teníamos sus secretos. Ya lo conquistaríamos*".

Hay pocas cosas que tengo claras en esta vida. Pero una de ellas es que todos tenemos leones que perseguir, los leones de nuestros sueños, esos leones camaleónicos, que son los más fieros y difíciles de cazar, los que a veces se camuflan adoptando otras formas: leones en forma de exámenes, leones en forma de pruebas médicas, leones en forma de empezar de cero, leones en forma de esa novela que comenzaste a escribir y dejaste aparcada, leones en forma de hacer la maleta e irte a trabajar fuera, leones en forma de entrevistas de trabajo, leones en forma de jefe insoportable, leones en forma de espejo, leones en forma de soledad.

Pero lo importante es intentar cazar leones. Aunque en vez de llegar a Kenia acabes en Cádiz, describiendo el mar, comiendo *pescaíto* frito y escuchando fandangos en vez de rugidos.

Hay quien dice que, cuando Belmonte tenía ya una edad avanzada y era incapaz de subirse solo al caballo, agarró la escopeta y se pegó un tiro en su cortijo. Otras crónicas apócrifas señalan que tomó la decisión cuando el médico le comentó que ya no podría *levantar la garrocha,* que intuyo es una metáfora popular para no pronunciar la palabra *impotencia.*

A mí me gusta pensar que se quitó la vida cuando vio que ya no le quedaban más leones que perseguir.

La primera película que vi por segunda vez

Tengo una tradición de Año Nuevo: ir al cine. No conozco nada mejor que sentarse frente a una enorme pantalla para que te cuenten una historia y airear la mente tras unos días de encuentros familiares, comidas pantagruélicas y *whatsapps* intensos. Es lo más parecido a abrir una ventana y ventilar una habitación cargada tras una noche de whisky y tabaco. Como pedir asilo político en la embajada de un país imaginario.

Una vez leí, no me acuerdo si a Umbral o a Garci, una frase con la que me siento plenamente identificado. *"Nunca supe qué me gusta más: ir al cine, el cine o los cines"*.

Mientras volvía a casa andando por esas calles vacías y frías, me puse a pensar en la primera película que vi por segunda vez en un cine.

Hay ciertas películas que uno desearía no haber visto nunca para poder volver a ver de nuevo por primera vez. Una de esas historias que te hacen abandonar la oscuridad del cine trastabillando como un boxeador al que acaban de sacudir un *crochet* demoledor. Una de esas películas que te escupen a la calle y todo en ella te parece distinto a cuando entraste: las luces, los coches, los olores, los ruidos. Y los anuncios luminosos te parecen estrellas y las estrellas, anuncios luminosos, como le ocurría a Lorca paseando por las calles de Nueva York. Y por un instante sospechas que tu vecino de butaca te ha deslizado MDMA en la bebida cuando no mirabas.

Te vas alejando calle abajo, dando la espalda al cine, rumiando lo que acabas de ver, sumido entre el respeto y la confusión, como un niño que sale del mar tras ser volteado por una ola: vagamente desorientado, pero con esa inconfundible sensación de estar vivo.

Lo cuenta el escritor David Gilmour: *"(...) la segunda vez que ves una película realmente es la primera. Necesitas saber cómo acaba para poder apreciar en su plenitud la belleza de una historia bien contada desde el principio"*.

No, no hablo de cuando te viste arrastrado por esa protonovia que quería ver *Love Actually* de nuevo. Ni de esa película de Woody Allen en la que te metiste otra vez accidentalmente y que te hizo darte cuenta de que realmente necesitabas visitar con urgencia al oculista. Me refiero a aquella película que, tras el *the end,* te hizo pensar por primera vez: "Necesito-volver-a-ver-esto-otra- vez".

A mí me pasó con once o doce años. Era mi cumpleaños y mi madre me dejó invitar a un amigo al cine. Aunque pueda sonar algo raro, jamás fui al cine con mis padres. Mi padre siente una enorme claustrofobia en los espacios oscuros y cerrados. Y a mi madre solo le gustan las historias de amores imposibles entre alguna huérfana sordomuda y un valiente soldado británico separados por una guerra mundial con malvados nazis de por medio que no creen en el amor. Así que necesitaba buscarme la vida.

Agarré el *Diario Montañés* por la parte de atrás e investigué la cartelera en busca de una película. Hace ya unos años —hoy una eternidad— ser niño y escoger una película para ver en el cine era una tarea relativamente sencilla. Primero eliminabas todas las películas "*No recomendadas para menores de 18 años*" por imperativo materno. Luego todas las que se proyectaban en cines en un radio de acción que requiriese desplazarse en coche. Y finalmente te cargabas todos los dramas y películas románticas. Gracias a este sofisticado proceso de selección fue como acabé sacando dos entradas para una película completamente desconocida para mí.

Se llamaba *Mejor... imposible.*

Hay que estar muy seguro de tu película y de ti mismo para llamarla *Mejor... imposible.* Es como cuando pones a una *pizza* el nombre de tu local: te expones a una severa humillación si sale mal el experimento.

Conocía a un tal Jack Nicholson que aparecía en el cartel de la película del mismo modo que se conoce a un pariente lejano con el que solo se coincide en bodas y comuniones. Puedes reconocerlo por la calle. Incluso recordar su nombre. Pero nunca has pasado demasiado tiempo con él.

Recuerdo sentarme en la butaca del cine Los Ángeles con cierto nerviosismo, preocupado por que a mi amigo le gustara aquella película a la que lo había arrastrado. Recientemente habíamos ido a ver otra, una llamada *Profesor Holland,* que a mí me había fascinado, pero que a mis amigos les había aburrido mortalmente. No podía desperdiciar más cartuchos. Mi prestigio estaba en juego.

Mejor... imposible empieza con una escena brutal en la que Jack Nicholson destroza verbalmente a su vecino. Consigue ser cruel y, al mismo tiempo, logra transmitir que, en el fondo, él no es así de horrible. Basta esta simple puesta en escena para entender toda la personalidad que subyace bajo su personaje. Ese momento, el dominio de la hipérbole, el sarcasmo, esa forma de hablar de Nicholson y su mirada. Fue cuando aprendí que en esta vida no hay arma más demoledora que el sentido del humor.

"Pues yo trabajo a todas horas. Así que nunca, nunca, me interrumpas, ¿de acuerdo? Ni aunque haya un incendio. Ni siquiera si oyes un golpe seco en mi casa y al cabo de una semana sale de aquí un olor que tan solo puede ser el de un cadáver putrefacto y has de llevarte un pañuelo a la cara porque el hedor es tan fuerte que te vas a desmayar, aun así, no llames aquí. O si es la noche de las elecciones y estás emocionado y quieres celebrarlo porque algún chupapollas con el que sales ha sido elegido primer presidente marica de los Estados Unidos y ha decidido que va a llevarte a hacer locuras a Camp David y quieres a alguien con quien compartir ese momento. No llames. No. A esta puerta no".

El personaje de Jack Nicholson se pasa prácticamente toda la película insultando a judíos, negros, homosexuales, camareros, secretarias, asistentas, mujeres en general, médicos, puertorriqueños, perros y casi cualquier colectivo susceptible de opresión. Y aun así consigue caerte bien.

Eran otros tiempos. Ciertas bromas estaban permitidas y ganar un Oscar no consistía en engordar/adelgazar veinte kilos y estar durante horas en la sala de maquillaje para imitar en un *biopic* a un personaje histórico ya fallecido como si fuera *Lluvia de estrellas*. Jack Nicholson se tuvo que crear un personaje de la nada, sin vídeos, sin fotos, sin perfiles psicológicos, sin una vida llena de obras y milagros. Y sacó matrícula de honor sin usar chuleta.

Cuando meses más tarde vi a Jack Nicholson en el informativo del mediodía de Antena 3 recogiendo el Oscar al mejor actor observé que evitaba las líneas de las baldosas, como su personaje en *Mejor... imposible*, y lo interpreté como una broma privada, algo solo entre nosotros dos. Entonces tuve la idiota sensación de sentirme una pequeña parte de aquel Oscar. ¡Había ido a verla dos veces! Me extrañó que no me mencionara en el discurso de agradecimiento.

Aquella tarde salí del cine con mi amigo tocado por lo que acababa de ver. Alteraba mi orden natural de las cosas. Y lo cierto es que *Mejor... imposible* tampoco es que sea una gran obra maestra del cine. Adolece de cierto sentimentalismo de *sit-com* norteamericana y chapotea por momentos entre varios géneros sin acabar de definirse. Pero a mí me tocó. Fue el momento y el lugar. Como cuando te gusta una chica: simplemente te gusta. Y explicar por qué te gusta es algo que nunca se debería hacer, como con los trucos de magia y los tatuajes.

Me gusta *Mejor... imposible* por cosas tan prosaicas como esos pisos neoyorquinos de techos altos, porque suena *Days Like This* de Van Morrison, por las manías de Jack Nicholson y por la risa tan inteligente como seductora de Helen Hunt. Pero principalmente me gusta porque me gusta.

Al día siguiente de salir conmocionado tras ver *Mejor... imposible,* arrastré a mi primo mayor a la misma película con la excusa de que era mi cumpleaños. Y recuerdo muchas cosas de aquella tarde. Recuerdo a la mujer de la taquilla masticando chicle y levantando las cejas al verme plantado de nuevo otra vez ahí. Recuerdo la ropa que llevaba cada uno. Pero, sobre todo, recuerdo que lo que más me gustó fue la sensación de saber de antemano qué iba a pasar y poder ver la reacción de los ahí presentes con cada broma. Disfrutar compartiendo mi secreto.

Hace poco leí una frase del director de cine Truffaut que me fascinó y que me devolvió a aquella primera vez que vi una película por segunda vez en el cine:

"Lo más bello que se puede ver en una sala de cine es cuando vas hasta el frente, te das la vuelta y contemplas la luz de la pantalla reflejada en las caras de esas personas completamente absortas viendo una película que les gusta".

Porque la vida, a veces, consiste en placeres tan secretos, mundanos e intensos como limitarte a disfrutar viendo a otros disfrutar.

El verano de Garitano

Era un ritual durante aquel verano. Todos los domingos bajábamos a la plaza Pombo. Bajo el brazo, como el que va a atracar un banco con la Thompson metida en el estuche del violín, una caja naranja de unas viejas botas Nike con nuestros cromos repetidos dentro. Todos rigurosamente ordenados y separados por equipos. Usábamos unos trozos de cartón con los escudos rudimentariamente dibujados a modo de pestaña entre equipo y equipo. Un cromo, cinco pesetas. Ese era el precio. Mi hermano y yo manejábamos aquella caja con la soltura y la destreza con la que un viejo bibliotecario revisa las fichas de sus libros prestados. Solo nos faltaban unas gafas de ver de cerca con una cuerda colgando a lo Marcelo Bielsa. Nunca llevábamos una lista con los cromos que nos faltaban. Teníamos un mapa mental del álbum con los huecos. Conocíamos todas las caras. Las que estaban y las que no. ¿Llevar una lista? Menuda ridiculez. ¿Qué sería lo próximo? ¿Montar la sorpresa del huevo Kinder leyendo las instrucciones?

No. Éramos tipos duros. Nada de listas. Los detectives de las novelas *pulp* que yo leía a escondidas nunca llevaban un papelito con una lista de los sospechosos a los que perseguían. Conocían sus caras de memoria. Porque no les dejaban dormir por las noches.

Tenía nueve o diez años y aquella colección de cromos de Ediciones Este (jamás Panini) era mi única preocupación durante el verano. No me importaban las chicas, no me importaba la música, no me importaba la piscina, no me importaban los dinosaurios que tan de moda estaban tras el estreno de *Jurassic Park*. Los mejores días eran aquellos en los que íbamos a ver a nuestra abuela Tea a Polanco y nos compraba una caja de cromos —¡una caja entera!— en el quiosco del pueblo. Abríamos los sobres en el soportal de la casa, entre buganvillas y hortensias, con esa misma ansiedad que se tiene al intentar desabrochar a oscuras algún sujetador. Y rezábamos por algún cromo especial. Loriga escribió en *Héroes*: *"Cuando tenía catorce años, todavía rezaba y le pedía a Dios una chica bonita. Jugábamos al fútbol todos los fines de semana y no siempre ganábamos. En realidad, nunca ganábamos. Bebíamos cerveza y le pedíamos a Dios una chica bonita. Teníamos corbatas pero no las usábamos, sabíamos muchas oraciones pero no las rezábamos. Solo nos acordábamos de Dios para pedirle una chica bonita"*. Nosotros solo nos acordábamos de Dios para pedirle un cromo bonito. Un *fichaje bis*. Un Franck Passi. Un "Coloca a Bjelica en lugar de Nilson, que ha causado baja". Un Grelak. Un Atila Kasaš.

Pero durante aquel verano algo pasó en la plaza donde acudíamos a cambiar. Una burbuja en el mercado de los cromos similar a la crisis especulativa de los tulipanes que sacudió Holanda en el siglo XVII. Sucedió repentinamente, apenas de un día para otro. Una pequeña chispa que originó el incendio y ya nunca se pudo controlar. Un domingo cualquiera, un señor nos pidió 125 pesetas por Acosta, del Logroñés, fichaje n.º 32. Mi padre, claro está, se negó a pagar por un triste cromo esa astronómica cifra. Y las negociaciones por Acosta se rompieron cuando apenas quedaban unos flecos para cerrar su incorporación. "Nunca compres ni vendas un cromo por más de 25 pesetas", me advirtió depués volviendo a casa. Pero ya era demasiado tarde. La escalada en los precios era inaudita. Pronto la gente empezaría a pedir 50 y 75 pesetas por fichajes de segunda fila. Por un Biagini. Por un Maqueda. Recuerdo que hasta llegó al telediario de Antena 3 que alguien había pagado 1.000 pesetas por el cromo de Freddy Rincón, flamante fichaje del Real Madrid. Y mi madre viendo la televisión —morena, según vaciaba una lata de Coca Cola Light en un vaso— se preguntaba escandalizada si nos habíamos vuelto todos locos. La cuestión es que yo no podía competir con aquellos Abramóvich de los cromos. Estaba fuera del mercado con el *price cap* impuesto por mi padre. Mi margen de maniobra era escaso. La única filántropa dispuesta a financiar mis delirios que me mantenía en la carrera por acabar la colección era mi abuela. La severa advertencia de mi padre de jamás gastar —ni cobrar— más de 25 pesetas en un cromo pendía sobre mí como una espada de Damocles. Había que correr riesgos. Buscar en los mercados secundarios.

Un día me acerqué a un grupo de chicos mayores bastante sospechosos que estaban sentados en un banco. Iba yo solo. Ellos tendrían veinte años. O a lo mejor solo quince, pero ya se afeitaban, que era lo importante. Me ofrecieron, con voz susurrante, un cromo especial: Ander Garitano en el Zaragoza. No me lo podía creer. ¡Si el *Marca* había anunciado su fichaje, procedente del Athletic de Bilbao, solo dos días antes! Pero ahí estaba, ante mí, entre las manos de uno de esos tipos: Ander Garitano luciendo radiante, como la Virgen de Fátima, la elástica blanca del Zaragoza. "Fichaje bis 11", me dijeron. Los muy hijos de la gran puta. A fuego lo tengo grabado. Y me pidieron 200 pesetas con prisas. No estaban dispuestos a negociar. Aún recuerdo los codazos entre ellos, las risitas por lo bajini. Borracho de emoción por hacerme con Garitano, solté sin muchos regateos todas las monedas que había ganado esa mañana intercambiando cromos. Y me fui corriendo. Un poco por la emoción, un poco porque había quedado con mis primos para ir a la playa y ya llegaba tarde.

Mientras esperaba en el muelle a que llegara la Pedreñera, no podía dejar de mirar y remirar la nueva joya de mi colección, orgulloso como un pavo real de mi adquisición. Estaba deseando contárselo a mi hermano. Y alquilar una avioneta con una pancarta para anunciárselo a toda la playa. Fue entonces cuando me di cuenta de todo. Un calor insoportable me invadió el pecho de repente. Una angustia terrible me paralizó. Se hizo el silencio fuera, como si me hubieran sumergido en una piscina. No podía ser cierto. Pero lo era. Con horror, comprobé con mis propias manos cómo la cabeza de Garitano había sido recortada y pegada de nuevo, con la precisión de un neurocirujano, sobre el cuerpo de un cromo de Belsué. Del puto Belsué. Era el trabajo de un profesional. De un profesional del Mal. Sí, acababa de gastarme 200 pesetas, el equivalente a cuarenta cromos, en una burda falsificación. Y me hundí. Comprendí todo de golpe: esas prisas por cerrar el trato, los codazos en las costillas, las sonrisas cómplices entre ellos. No me podía creer cómo había sido tan primo. ¡Qué imbécil! Había fallado a todo el mundo. No estaba tan afectado desde la segunda liga que perdió el Real Madrid en Tenerife, cuando tuve que salir al balcón a que me diera un poco el aire mientras mi abuela pensaba que me iba a tirar por un ataque fulminante de tristeza.

Y así fue como, sentado en el muelle frente a la bahía, un cromo falso de Garitano me sacó a patadas de la infancia, consiguiendo que me sintiera como Martin en ese capítulo de *Los Simpson* en el que se rompe su piscina y Nelson le quita el traje de baño, de modo que se queda desnudo frente a la suave caricia de la brisa veraniega cantando con un hilo de voz casi inaudible el *Summer Wind* de Frank Sinatra: *El viento estival / que vino volando / de la orilla del mar...*

Tuve durante mucho tiempo aquel cromo en la mesita de mi cuarto. Como un recordatorio de las hienas que había ahí fuera esperando. De vez en cuando pienso en aquellos chicos. Me los imagino ahora calvos, con una camisa de manga corta, colocando acciones preferentes de Bankia a alguna viejita indefensa. O cumpliendo condena por alguna estafa inmobiliaria. Tengo la absoluta certeza de que, llegado el día, crearán una nueva planta solo para ellos en el infierno, como en *Desmontando a Harry*, de Woody Allen.

Novena planta: falsificadores de cromos y estafadores de niños.

Pero no les guardo rencor. Aprendí mucho de aquello. A leer siempre la letra pequeña. Y que las desilusiones son fiestas sorpresa de disfraces que te haces a ti mismo en las que el único que no va disfrazado eres tú. Puedo decir ahora, mirando hacia atrás, que fue una buena lección. No, definitivamente no les guardo rencor.

Tan solo espero poder ir algún día al entierro de cualquiera de ellos, dentro de treinta años tal vez o de cuarenta, acercarme al féretro para mostrar mis respetos y, cuando no mire nadie, pegarle el cromo de Garitano en la tapa del ataúd mientras lo van descendiendo.

Pero sin acritud.

Incendios de nieve

Este tiempo plácido del retorno a los cuarteles del invierno es el tiempo bueno para la recapitulación, para el recuento de lo que ya pasó y de lo que aún está por venir.

Café de artistas y otros cuentos, Camilo José Cela

Nieva en Madrid y se siente ligeramente mareado, como si un gigante estuviera agitando una de esas bolas de cristal que algunos traen como *souvenir* de Nueva York.

Entra en el portal de su casa sacudiéndose la nieve del abrigo. Tomás, el portero, deja sobre la mesa su decimoquinto libro de Stephen King, con mucho cuidado para no perder la página en la que se queda.

"Cualquier día este se vuelve loco leyendo tanta novela de terror y nos sale con un hacha y nos descuartiza a todos".

Tomás, el conserje, sale a su encuentro raudo y expeditivo, contundente, tal y como haría Pepe ante un eslalon de Messi. Mantienen la misma conversación con las obligadas variaciones a las que fuerza la meteorología. Nunca una palabra de más ni de menos. La suya es una relación consolidada, más sincera que la de muchos matrimonios. Y mucho más segura.

—Vaya día, ¿eh?

—Sí, sí. ¡Madre mía!
—Je, je.
—Je, je.
—Aquí tiene la correspondencia.
—Gracias, Tomás.

En lugar de usar el ascensor, decide subir las escaleras a pie y así hacer entrar en calor sus entumecidas piernas. Sube los escalones de dos en dos. Como siempre ha hecho desde niño.

Entra en casa y deja las llaves en un mueble de la entrada al tiempo que, a tientas, trata de dar con el interruptor. Echa un vistazo a las cartas mientras se va desprendiendo de su kilométrica y asfixiante bufanda, una especie de anaconda de lana. Los guantes se los quita con ese proceso tan poco elegante como socorrido: primero usando los dientes y luego sacudiendo enérgicamente la mano, como si en vez de un guante se quisiera quitar de encima algo en llamas.

Extractos del banco. Facturas. El gimnasio. Telepizza. *The Economist*. Publicidad de un nuevo restaurante japonés. Canal +. El Corte Inglés.

Y de pronto ese sobre. Ese maldito sobre.

Un horrible presentimiento le recorre el cuerpo.

ZAS.

Siente como si una de esas perfectas catanas de *Kill Bill* le atravesara el corazón, de lado a lado.

Toca el sobre como si fuera una bomba. Ese sobre de textura impecable. La letra, de trazo grueso pero tan bonita como elegante, en negro, como de una imprenta del siglo XVI.

"O es una invitación a una cacería con Carlos V en el castillo de Torgau o es una invitación a una boda", piensa.

Se inclina por lo segundo.

Mira el remitente.

Suspira.

El corazón en los talones.

Incendios de nieve.

Se temía que fuera ella.

Lo rompe. Lo rompe como algún día rompió sus medias.

Observa el tarjetón. Ese papel grueso. De un color crudo. La poca luz que hay en ese momento le da un toque aún más elegante. Sutil. Impecable. Por un momento se siente tan abatido como Patrick Bateman al ver las tarjetas de sus colegas banqueros en *American Psycho.*

Y lee.

"¿Cómo es posible que me haya invitado? ¿Por qué?".

Lee el nombre de ella. Otra vez. Ese nombre que le hacía dar un respingo en otro tiempo. Ese nombre al que dedicó un disco de canciones. Ese nombre.

Y lee el nombre de él. Y sus apellidos. Sus múltiples apellidos, largos, como de otro tiempo, separados por un sinfín de guiones y preposiciones.

"¿Pero con quién coño te casas? ¿Con un templario? He visto elfos en el Señor de los Anillos con un árbol genealógico menos denso que el de este tipo. ¿Pero por qué me invitas?".

La última vez que se vieron fue una mañana de septiembre bastante primaveral, lo que resultaba desconcertante. Ella salía de Le Pain Quotidien. "Un *brunch* para la resaca", dijo quitándose las gafas sol y dejando ver unas ligeras ojeras malvas. Hasta sus ojeras eran elegantes. A él lo del *brunch* le sonó como si rascara en la pizarra con las uñas. “Sigues odiando esa palabra”, observó atenta. Y él se rio. Ella llevaba unas bailarinas, lo que la hacía un poquito más baja, y dejaba entrever esa hendidura que separaba el dedo meñique del pie del siguiente. Ese territorio por el que él habría matado y clavado su bandera frente a otros. “Porque mi patria son sus caderas. Sus labios, mi bandera”, le cantaba cuando estaban bien. Que apenas fueron unas semanas. Pero qué semanas.

“Oye, que me caso”, le dijo ella.

Y él sonrió. Sonrió por no llorar. Sonrió sardónicamente. Sonrió como una azafata comunicando a los pasajeros que su avión se va a estrellar. Sonrisa de funeral. Sonrisa del cobrador del frac. Sonrisa de bandera blanca desde las trincheras.

“Por esa sonrisa. Me invita por esa estúpida sonrisa. Debo de ser mejor actor de lo que sospechaba”.

Una vez se encontró a sus amigas en un bar. Estaba conmigo. Estaba borracho. Preguntó por ella. Por preguntar. Con desgana, sin esperar una respuesta. “Tranquilo, el tiempo lo curará todo”, le soltó una de ellas con ligera condescendencia. Filosofía de galletas de la fortuna. “¿Eso dónde lo has leído, en la *Superpop?* Mira, la vida no es un yogur con una fecha de caducidad. El amor no se consume preferentemente, el amor..., el amor te consume. Que te enteres”. Y se hizo un silencio tenso. El silencio loco.

Fuera el viento aúlla. Ciclogénesis explosiva de recuerdos. El tiempo, dicen, es un huracán.

Vuelve a ver la invitación. Ahora siente frío.

Pero no viene de la calle. Viene de dentro. De dentro de él.

Como cuando era pequeño y su padre le echaba la bronca. Como cuando caes en la cuenta de que has perdido la cartera. Como cuando ya nadie te llama desde la ventana para que dejes de jugar en la calle y subas a cenar de una vez. Como cuando le dijeron que su abuelo había muerto.

Ese frío. Ese inconfundible frío.

Abre la ventana. Sigue nevando. Inspira aire por la nariz. Echa un último vistazo a la invitación. Hace un avión con la tarjeta y lo lanza al vacío. Realiza un pequeño tirabuzón, meciéndose en el aire con cierta gracia, para luego caer en picado, a una velocidad admirable.

Y piensa que no deja de tener cierta ironía que el de ella sea de los pocos aviones volando bajo ese temporal.

El Maletas

Me gustaban aquellos jueves.

Gloria me llevaba a una cafetería a tomar chocolate con churros. Nos sentábamos en la barra. El camarero era igual que Sadam Husein y tenía un diente de oro. La radio siempre estaba encendida. Yo tendría seis o siete años.

Me acuerdo de la primera vez que vi al Maletas. En la calle llovía a mares y Gloria leía una revista que había sacado del bolso. Y entonces entró él. Con su pelo canoso, revuelto, peinado de cualquier manera, como si antes de salir de casa hubiera introducido un tenedor en el enchufe. Barba de dos días. Nariz bulbosa y amoratada. Y aquellos ojos enormes, tan líquidos, con los que siempre parecía estar a punto de romper a llorar. Pero él no era de esos tipos. Era imposible que él supiera llorar. Él tenía manos de tipo duro. No sé si de marinero, de carpintero o de boxeador. Nudillos como cordilleras y venas serpenteando por el dorso de la mano y perdiéndose bajo los puños desgastados y deshilachados de la camisa. Era imposible que alguien con esas manos supiera llorar.

Vestía una gabardina arrugada. Zapatones para la lluvia. Y llevaba consigo una maleta pequeña pegada al cuerpo, tratando en vano de protegerla de la cortina de lluvia que caía fuera.

El Maletas. Todos le llamaban así.

Entró en la cafetería como si estuviera en la cocina de su casa. Saludó muy amablemente a los parroquianos allí presentes y llamó por su verdadero nombre a Sadam Husein. Y se sentó a mi lado. A continuación pidió un sándwich vegetal, un Trinaranjus y empezó a dar golpecitos con los nudillos sobre la barra metálica silbando una melodía.

Qué bien silbaba.

Posó sus ojos en mí, escudriñándome algo extrañado. "¿Qué pasa, chaval?".

Yo me quedé mirando a aquel tipo con esa mezcla de fascinación e incomprensión que muestra un perro la primera vez que ve funcionar una aspiradora.

Dejó de silbar un momento. "¿No sabes qué es esto, chaval?".

Y yo, sin abrir la boca. Mutis por el foro. Solo se oía el pasar de las páginas de la revista de Gloria y el ronroneo de la radio de fondo.

"Es una ópera, chaval. *Aida*. De Verdi. Esto es "La marcha triunfal". ¿No te enseñan estas cosas en el colegio?".

Y reanudó la melodía.

Cuando le trajeron su sándwich, se abalanzó sobre él. Parecía que llevara un mes sin alimentarse. Comía con prisa y dando mordiscos grandes. Con las manos. Encorvado sobre su plato. Sorbía el Trinaranjus haciendo un ruido tremendo, aspiraba de tal manera que pareciera que el líquido le llegara directo al cerebro, no al estómago. Un grupo de hienas devorando un ñu en estado de descomposición tenían mayor sentido del protocolo que el Maletas.

Imposible apartar la mirada de aquella maleta vieja, llena de costurones, como cicatrices. ¿Qué llevaría dentro? ¿Por qué la protegía? ¿Adónde iría? ¿De dónde vendría?

Cuando dio buena cuenta del sándwich, se sentó hacia atrás en su taburete y emitió un ruido de satisfacción. Sacó un cigarro y dio un par de golpecitos a su inseparable maleta, objeto de mi curiosidad tormentosa.

"¡Qué semana! Vengo de Argentina, chaval. Negocios. Allí todos dicen "che". Che esto, che aquello. Todo el santo día con el *che* en la boca. Ahora es verano allí. Van al revés. ¿Te lo puedes creer? En Navidad están en la playa tomando el sol. ¡Una cosa de locos! Las chicas más atractivas viven en Buenos Aires, chaval. ¿Sabes por qué? Por la mezcla de sangres: italiana, alemana, turca... Mira qué bonita es la bandera de Argentina".

Y se sacó del bolsillo un mondadientes con la bandera de Argentina en la parte de arriba, como si el palillo fuera un diminuto mástil.

"Quédatela, chaval".

Salí de ahí fascinado con eso del che, con lo del verano al revés y con aquel palillo con esa bandera con un sol enorme y radiante en medio.

Volvimos el siguiente jueves. Rezaba para que apareciera de nuevo el Maletas. Y ahí apareció. Su gabardina. Sus zapatones. Sus piscinas desbordantes por ojos. Su sándwich vegetal. Su Trinaranjus. Sus golpecitos rítmicos en la barra. Su "Marcha triunfal". Su *Aida*.

Y su maleta. "¿Qué tal, chaval?".

"Hola, Maletas", contesté armándome de valor.

Se quedó en silencio un momento. Y rompió en una sonora carcajada. Y volvió con su silbido.

"Esta semana he estado en Australia…".

Y así eran todos los jueves. Esperaba con impaciencia durante toda la semana, deseando volver a aquella cafetería. Ni siquiera me gustaba demasiado el chocolate con churros. Lo que me gustaba era oír las historias de los viajes del Maletas. Cada jueves me contaba una distinta sobre su último destino.

Rascacielos. Peces. Taxis. Pirámides. Frutas de colores. Un muro en Berlín. Barreras de coral. Una sirena varada en Copenhague. Jardines. La URSS. Ballenas. Estambul. Limusinas. Costa de Marfil. La Guerra Fría. El río Zambeze. Nieve. Cataratas. El Transiberiano. Canguros. Venecia. Esquimales. Un pianista en Viena.

Y al final me regalaba siempre un palillo con una bandera. Y mi imaginación se desparramaba mientras yo me manchaba de chocolate y Gloria me echaba la bronca.

Ardía en deseos de conocer todos esos sitios. Me guardaba los países más exóticos para que el Maletas me contara historias de sitios como Panamá o Noruega.

Sentía admiración por el Maletas. Me hacía gracia que siempre tuviera algún motivo por el que quejarse. La lluvia. Los políticos. Los árbitros. La salud. Los coches. Pero siempre se quejaba especialmente de lo alta que estaba la calefacción. Mantenía una cruzada contra Sadam Husein al respecto. Y empezaba a soltar todo tipo de tacos y maldiciones.

"Esto parece un puto crematorio, cagoenrós".

"Se me van a derretir las pestañas".

"Cuando me muera, no pediré que me incineren: vendré aquí a tomarme un chocolate con churros".

Me mataba de la risa. Un día Gloria me puso un puré de verduras que ardía y dije que aquel puré parecía un puto crematorio, cagoenrós. Y me soltó una bofetada.

Siempre hablábamos de banderas. Su favorita era la de Nepal. Porque era diferente al resto. "Como las mujeres especiales". Mi bandera favorita era la de Yugoslavia.

Una tarde me dijo que viajar era pasear un sueño.

***

Uno de esos jueves, el Maletas empezó a discutir con un par de habituales. No sé si de política o de fútbol. El ambiente empezó a caldearse y uno agarró al Maletas por las solapas del abrigo. Intervino Sadam Husein para poner paz. "Aquí no queremos escenitas". . Y se perdieron en la oscuridad insultándose a gritos.

El jueves siguiente no apareció el Maletas. Ni el siguiente. Ni el siguiente.

Le pedí a Gloria que no volviéramos a la cafetería. Ya no quería chocolate con churros.

Unas semanas más tarde, la víspera de Navidad, me pasé por la cafetería. Hacía frío en la calle y yo llevaba un abrigo que tenía ciervos dibujados en los botones al que odiaba con todas mis fuerzas. Le había escrito una carta al Maletas. Y pedí a mi padre que me la pasara a máquina, porque me parecía mucho más elegante. El comienzo de la carta arrancaba de forma demoledora: *"El Maletas me cae bien porque es más simpático que la mar*". ¿Qué quieren que les diga? Era un niño de Santander. Las metáforas marítimas estaban a la orden del día.

Se la entregué a Sadam Husein. La dobló y la colocó debajo de una figura de la Virgen, donde ponían la quiniela de la semana para que les diera suerte, al lado de un banderín del Racing. "Se la daré en cuanto aparezca por aquí. Feliz Navidad, chaval".

Al cabo de unos meses me invitaron por un cumpleaños a tomar chocolate con churros en aquella cafetería. Nada más entrar, miré hacia la estantería. Y ahí seguía doblada la carta debajo de la figura de la Virgen, intacta.

Nunca volví a ver al Maletas. Jamás supe qué llevaba en esa maleta. Tampoco llegué a saber nunca si realmente había estado en alguno de esos sitios de los que me hablaba. Ya nadie me llama *chaval*.

Pero en muchas ocasiones me sorprendo a mí mismo pensando en el Maletas. Porque supo contagiarme esa enfermedad de querer viajar. Y ahora, cuando llego a una ciudad nueva y noto ese olor a lo desconocido nada más salir del aeropuerto, siento una corriente eléctrica subiéndome por los tobillos y me pongo a pensar en qué disparatado resumen me haría el Maletas de esa ciudad. Qué historias se inventaría solo para hacerme reír. Y a veces voy andando por la calle y comienzo a silbar, muy bajito, "La marcha triunfal" de *Aida*.

***

Hace unos años fui unas Navidades a Roma con unos amigos. Fue un viaje perfecto. Me enamoré del Panteón y de la pasta *cacio e pepe.* Una tarde lluviosa estaba leyendo en nuestro apartamento alquilado, cuando me topé con este fragmento justo al final de una novela de Miqui Otero:

"Buscad arrecifes y cosas que brillen, nadad con otros peces que conozcan nuevas rutas, atentos a la música eléctrica de las focas y a las crestas de las olas, y a las resacas y a los rayos de sol y a todas las estrellas. Nadad más y más. Practicad un poco más. Practicad en aguas dulces. Dentro de un tiempo, os echo una carrera".

Y, aunque pueda sonar ridículo, sentí que aquella era la respuesta del Maletas que nunca me había llegado.

El olor del sol de Londres

Hoy, casualidades de la vida, ha llegado a mi bandeja de entrada un *mail* de una casa de perfumes. Al parecer están preparando una nueva colonia para "*jóvenes cosmopolitas con un aire bohemio*" y quieren conocer mis gustos sobre distintos olores. *Cosmopolita y bohemio.* No se lo digan a mi madre: ella cree que soy pianista en un burdel.

Pienso en qué puedo responder. Pienso en mis olores favoritos. Y empiezo a andar por la habitación y a tirar una pelota de tenis al techo, que es algo que me ayuda a pensar. No tanto a mis vecinos.

¿Qué se supone que ha de contestar uno en una situación así? ¿Qué respondería un cosmopolita bohemio? ¿Debería mudarme a una buhardilla y llevar bufanda en primavera para ser bohemio del todo? ¿Qué hay detrás de un olor? ¿Cómo funciona la conexión olor-recuerdos? ¿Se expande el universo? ¿Es cóncavo o convexo?

Me gusta el olor a incienso, a sándalo y a lavanda. A jabón. A limón y a hierba recién cortada. A chicle Boomer de fresa ácida. A madera. A neroli. A café recién hecho. A cine antiguo. A horno de leña, a nardos y a tierra mojada. A vela de Diptyque, que es lo que compramos los urbanitas que no pisamos el campo pero nos gusta cómo huele. Y me gusta el olor a jacaranda en primavera, que no tengo ni idea de qué tipo de flor es pero siempre salía en los libros de Gabriel García Márquez y yo me imaginaba que era una flor que olía como huele el pelo de la chica que te gusta.

Aunque no puedo responder algo así. Porque de tanta intensidad esto parece un cruce entre un anuncio de BMW y uno de Anaïs Anaïs. "¿Te gusta conducir y oler a sándalo?".

Con el folio, la mente y la piel en blanco, cojo las gafas de sol y salgo de casa para dar un paseo. Huir es lo que más me ayuda a pensar cuando la pelota de tenis no funciona. Comienzo a andar por el Retiro. La primavera se sale por los costados en Madrid. Como escribe Blanca Establés, *"los colores de la primavera tienen algo de libro de plástica de un niño de primaria: cantidades ingentes de un amarillo muy fuerte con algo de naranja, rosa y azul amenazando con salirse del margen"*. Voy andando con las aletas de la nariz abiertas de par en par, intentando captar olores y aromas que danzan por la calle al son de una brisa, fina y delicada como las blusas de McKenzie en *The Newsroom*.

Sí, definitivamente la primavera ha llegado. Solo en esta época del año se me ocurriría comparar una brisa con una blusa.

Me pongo los cascos. Miro al sol. Estornudo. Doy al *play*. Y suena Ryan Adams.

Me meto en el metro. Porque me encanta ir en metro, escuchando música, observando a la gente, fijándome en historias, leyendo algo mecido por el traqueteo del vagón. Estoy en la estación de Gran Vía, para hacer transbordo con la línea 5. Y de pronto, mientras voy bajando unas escaleras, un olor se me cuela por la nariz. Es un olor conocido. No es madera ni pan recién horneado ni hierba cortada ni la jacaranda en flor (sea lo que sea). Es una mezcla a moqueta vieja, a hierro, a óxido, a polvo subterráneo y a cañerías.

Y, como Carrie Mathison con sus rotuladores en *Homeland*, de pronto veo todo claro.

Ese es mi olor favorito.

Porque en ese punto, exactamente en ese punto y no en otro de la estación de metro, en esa baldosa y no en la siguiente, el olor es igual que el de aquella estación de metro de Londres. Es raro. Es inexplicable. Pero es así.

Aquel metro de Londres, aquel repugnante y viejo metro que se inundaba cada dos días y en el que un viaje de ida y vuelta costaba aproximadamente lo mismo que una cena de langosta y champán.

Aquel metro, sí, aquel metro en el que iba a trabajar como becario. Durante varios veranos. Cuando Zidane aún corría por el verde del Bernabéu. Cuando vivíamos por encima de nuestras posibilidades y creíamos que viviríamos así siempre.

Imposible no acordarse de mi pensión repugnante cerca de Earl's Court, con una recepcionista gótica que se maquillaba como si fuera la batería de KISS, propietaria de un loro enorme que me escupía pipas cada vez que pasaba por delante de su jaula. Y aquel diminuto cuarto, con humedades en el techo, en el que podía abrir la ventana, ducharme, lavarme los dientes y hacerme una tortilla francesa sin moverme de la baldosa. Con aquellas paredes de papel, con mis vecinos fornicando los lunes, con puntualidad suiza y el ímpetu de dos ñus del Serengueti, mientras yo trataba de centrarme en la lectura de *La piedra lunar*, de Wilkie Collins, intentando aunar ese sonido ambiente con la lectura de una novela victoriana.

Aquellas noches sin aire acondicionado. Aquellas mañanas de café con hielo. Siempre despiertos. Tomando el sol en Battersea Park. Magos en Covent Garden. Descubriendo pequeños jardines en los que sentarnos a ver pasar la vida. Y Tamara Rojo girando sobre el eje en el Royal Ballet. Y el *pizzero* del Manchester United hablándome de fútbol noventero mientras se fumaba un porro en la puerta del local y silbaba a las *Chelsea Girls,* que iban a quemar tacón a algún garito.

Y aquel piso compartido en King's Road con un frigorífico lleno de cerveza. Qué feliz fui, maldita sea.

Y no sé si realmente me gustaba ese olor del metro o, precisamente, deshacerme de él en cuanto salía a la luz de la calle de agosto. Y ser joven y tener toda la vida por delante, sin crisis, sin problemas, sin un duro, equivocándome tanto que a veces hasta acertaba, siempre sin pedir perdón, nunca pidiendo permiso.

Hay un maravilloso artículo de Pedro G. Cuartango llamado *El club de los corazones solitarios* que tengo guardado en la mesa donde trabajo y que releo cada vez que sueño con cambiar de vida. Sobre todo este párrafo:

"Me gusta retornar a los sitios que forman parte de mi historia. Pero ello siempre me produce frustración, porque nunca

están como yo me los imaginaba en mi memoria. Todo fluye, todo cambia menos nosotros, que somos arrastrados por el paso de un tiempo que nos destruye. Esa conciencia de la fugacidad hace más precioso cada instante, porque en él se condensa toda la eternidad".

Podría intentar escribir esta sensación mil veces y nunca me saldría tan precisa.

Cuando Calamaro dejó de estar secuestrado por su nariz, escribió una canción sobre sus viejos fantasmas y hábitos. Era un canto al optimismo, a empezar de cero y a mirar hacia delante. Pero hay una estrofa demoledora, por sincera y dura, en la que no puede evitar una ligera nostalgia por la vida pasada, la vida de excesos:

"A veces mataría por cinco minutos más".

Jamás repetiría una semana de mi vida anterior. No me gusta demasiado mirar hacia atrás. Intento huir de la nostalgia.

Pero a veces mataría por cinco minutos más.

A veces mataría por cinco minutos en aquel Londres.

Un amigo vive allí ahora. Me ha invitado a pasar unos días en su casa. Estoy mirando billetes de avión. Aún no sé si iré. Ahora todo el mundo parece que vive en Londres. Pero nadie vivió en *mi Londres.* Es tan único que en mi recuerdo adulterado Londres es una ciudad soleada.

Estoy intentando hablar aquí del olor de la eterna juventud. De ese olor que nunca te abandona por muchas veces que te duches. Del olor de las cosas imposibles. Del olor del sol de Londres.

Salgo a la calle y siento aquello que decía Don Draper:

Summer is coming. I could feel it. I kinda thought I smelled corn, which is impossible. And there it was again: perfume.

Vietnam sentimental

Los besos saben a napalm en tu Vietnam sentimental

Los Carradine

Querido M:

Perdona que me haya tomado cierto tiempo en contestar a tu mail. Sé que te dije que te respondería "a la velocidad del rayo" y, sin darme cuenta, ya estamos en diciembre. ¡Qué locura esto de que se esté acabando ya el año! Precisamente ahora, justo cuando estaba cogiéndole el tranquillo. Antiguamente los años duraban más, ¿no? Ahora recién acabamos de aterrizar en el año nuevo y ya me siento como si estuvieran encendiendo las luces de la discoteca y echándonos a casa. Deberíamos pedir la hoja de reclamaciones todas las Nocheviejas.

Siento leer lo que me cuentas de lo tuyo con T. Tampoco puedo decir que me sorprenda. Porque esta historia tuya con T es como un *déjà vu.* No aprendes. Si el hombre es el único animal capaz de tropezar dos veces con la misma piedra, tú, amigo mío, eres como Sísifo: te pasas la vida con la misma piedra, subiendo y bajando eternamente la misma colina. Y ya no sabes cuándo subes ni cuándo bajas.

Puedo imaginarme la escena perfectamente en mi cabeza. Viernes por la noche. Cena en un restaurante de moda que recomiendan en esa revista que siempre lees. Discusión sobre algún motivo nimio que se va envenenando por momentos. Silencio estrepitoso. Tensión en el aire. Pellizcos al pan. Miradas de reproche. Sonrisa sardónica de ella al camarero. Ruido de cubiertos. Tragos amargos de vino. Esas palabras que nunca quieres decir y que tratas de recuperar con cazamariposas en cuanto salen de tu boca. Barbilla temblorosa. Vagos sentimientos de culpabilidad. Deseos de tener bajo la silla un botón de *eject* que te catapulte a 14.000 kilómetros de distancia.

Y una pregunta. Una pregunta que te atraviesa de lado a lado como una espada de acero toledano. Una pregunta que no te atreves a pronunciar en voz alta. Pero puedes saborearla en el paladar. Y tiene cierto regusto a hierro. Como la sangre.

"¿Pero-qué-cojones-estoy-haciendo-aquí?".

Ah, querido amigo... Estás atrapado, una vez más, en tu Vietnam sentimental.

No sabes ni por dónde te pega el aire. Las balas silban a tu alrededor, el ruido es ensordecedor y, por mucho que mires, no aparecen refuerzos que te saquen de ahí. Cualquier paso en falso y una mina te convertirá en confeti. No sabes ya ni por lo que estás luchando. Ni siquiera si merece la pena.

Los anglosajones tienen un nombre para esto, porque los anglosajones tienen un nombre para todo: *the fog of war* ("la niebla de la guerra"). Dícese de ese estado de confusión, desorientación y aturdimiento en medio de la batalla, fruto de la polvareda que produce el cuerpo a cuerpo, que hace perder por completo la perspectiva de la lucha.

Y tú, querido, viniste de fábrica sin los faros antiniebla.

Y recuerdas. Recuerdas nítidamente esa tarde en Madrid, en un bar con pretensiones londinenses, cuando aquel amigo te advirtió muy seriamente: "No te vuelvas a meter en esa guerra". Pero tú ya no escuchabas nada. A lo lejos se podían oír tambores de guerra, ruido de sables y cañonazos, pero tú los interpretaste como compases de una música celestial. Y ahí que te lanzaste. Como uno de esos concursantes de la televisión que se ciegan por el bote que pueden ganar. Y no atienden a razones.

QUE SÍ. QUE ME LA JUEGO. QUE YO HE VENIDO AQUÍ A JUGAR. QUE SATURNO ES EL PLANETA MÁS ALEJADO DE LA TIERRA. QUE LO VI EN UN DOCUMENTAL DEL DISCOVERY CHANNEL. QUE SÍ. HAZME CASO. MARCAMOS SATURNO.

Y no. Nunca es Saturno. De hecho, la respuesta correcta está a mil millas de Saturno.

Te lo advirtieron. Y no hiciste caso. Porque pensabas que clavarías la bandera en territorio comanche con un par de cócteles antes de cenar, discos de Nina Simone y domingos de café para llevar. Que ya nos conocemos.

Pero no eres tonto. De hecho, tienes muy poco de tonto. En el fondo, sabías que era complicado. Sabías que te metías en una guerra. Pero sentías ese deber patriota que te inflama el pecho. Tenías que luchar por lo que era tuyo. Y te metiste.

Y ahora te encuentras con disparos, fuego cruzado, emboscadas y destrucción. Portazos. Escenitas. Llantos.

The horror. The horror..., como musitaba Marlon Brando en *Apocalypse Now.*

Y la salida más digna que contemplas ahora mismo es escapar corriendo aun a riesgo de recibir un disparo en las posaderas —como Forrest Gump— mientras te bates en retirada, sin mirar atrás, emprendiendo una huida desesperada, lejos de disparos y explosiones.

Y sé que ahora te sientes exactamente igual que en esa canción de Pulp que nos pusieron al cerrar aquel bar turbio cerca de Gran Vía en el que solo quedábamos cuatro matados. *Like a Friend.* Esa canción tan magistral —que se convierte en un auténtico misil a partir del minuto 1:50— con la que te pusiste a imitar a Jarvis Cocker bailando en el videoclip.

You are the last drink I never should have drunk.
You are the body hidden in the trunk.
You are the habit I can't seem to kick.
You are my secrets on the front page every week.
You are the car I never should have bought.
You are the dream I never should have caught.
You are the cut that makes me hide my face.
You are the party that makes me feel my age.
Like a car crash I can see but I just can't avoid.
Like a plane I've been told I never should board.
Like a film that's so bad but I've got to stay till the end.

Nadie imita a Jarvis Cocker entre las dos y las tres de la mañana como tú. Nadie mueve así la cadera.

Sí, todos hemos estado en un Vietnam sentimental alguna vez. Batallas perdidas antes de empezar.

Pero esto no es lo grave, amigo. Lo más grave es que dentro de unos días, en Navidad, cuando te encuentres postrado en la cama de un hospital de campaña para veteranos, convaleciente de estas heridas de guerra, ya empezarás a maquinar cómo volver al campo de batalla.

Otra vez.

Y, como en esas películas de acción tan malas de Antena3 —con esos actores de los que piensas: "¿Pero qué harán estos tíos con su vida? ¿Tendrán otro trabajo? ¿El director se habrá pegado un tiro tras rodar esta basura inmunda?"—, te arrancarás todos los tubos, las máquinas empezarán a pitar frenéticamente y te pondrás a duras penas en pie con ese pijama ridículo mientras sale a tu paso una maternal enfermera con cofia y pinta de hacer galletas caseras con forma de árbol de Navidad.

—Aún no está recuperado. No haga locuras. Vuelva a la cama. Deje ese móvil. Aún es demasiado temprano. Necesita descansar. Voy a llamar al cirujano.

Pero le dedicarás tu mirada Magnum, esa sonrisa tuya de medio lado y le espetarás un solemne:

—Vuelvo a la guerra. Y que me cosan a balazos.

Y saldrás por la puerta. Tus amigos te volveremos a mirar como si fueras un trapecista borracho a punto de ejecutar un triple salto mortal.

—Relaja, Rambo. Tómate tu tiempo. Deja que cicatricen un poco las heridas de la última vez.

—¿Esto? ¡Si no es nada! Un arañazo sin importancia.

—Te puedo ver el páncreas desde aquí.

—Ah, ¿esto? Correcto. Pero esta vez todo va a ser diferente. Ya verás.

No me malinterpretes. No creas que todo esto es un *Te lo dije.* Tampoco te estoy aconsejando nada en concreto sobre lo que tienes que hacer, porque no tengo ni idea.

Te escribo estas líneas para decirte, simplemente, que admiro todo esto. Sí. Admiro esa forma tuya de obviar el peligro, esa fuerza y esas ganas que siempre tienes para meterte en fregados y jardines aun a sabiendas de que vas a salir escaldado. Esa mezcla de valentía y locura en proporciones similares a las del vermut y la ginebra en el martini. Puede ser que no siempre aciertes. Es más, diría que aciertas poco, pero insistes y nos convences a todos.

Y así es como defiendes a muerte aquello en lo que crees. Tus proyectos, tu trabajo, tus ideas y tus convicciones. Así es tu día a día. Y eso, en cierta forma, es admirable.

Si la vida es una fiesta en una piscina, yo estoy en el borde, con albornoz, sacando una muestra de agua para enviarla al laboratorio y que me digan la composición química exacta, a la vez que me meto en AccuWeather para ver qué tiempo va a hacer por la tarde y evitar un resfriado. Tú, en cambio, te tiras desde el balcón de la casa de enfrente aun sin saber la profundidad y siendo altamente probable que te dejes los dientes contra el bordillo.

Pero que nadie te diga que no lo intentaste. Es importante vivir así. Como si esto fuera un Vietnam.

Hace no mucho leí en *Memorias líquidas,* de Enric González, este párrafo, que cierra el libro: *"Mientras me dedique a esto, no me fiaré del que manda. Y mi mesa será un Vietnam"*. Me acordé de ti.

Ojalá algún día me enseñes cómo huele el napalm por la mañana. Feliz Navidad, M.

A los del anuncio de Estrella Damm

Muy señores míos del anuncio de Estrella Damm:

Es martes. El viernes todavía no es más que un punto lejano en el horizonte. Hace un calor insoportable en la oficina y creo que la corbata que llevo puesta ahora mismo impide que el riego sanguíneo me llegue con fluidez al cerebro, lo que aumenta el punzante dolor de cabeza que arrastro desde hace días.

En mitad de esta agonía, llega a mi bandeja de entrada el *mail* de un amigo con un enigmático asunto: *"Ha llegado el veranito"*. Temeroso de que se trate de una exhaustiva galería que recopile 400 chicas en *top-less* o algo de similar enjundia intelectual, miro a mi alrededor antes de proceder a abrir el archivo adjunto. No hay moros en la costa.

Lo abro.

Y cuál es mi sorpresa al comprobar que se trata del nuevo anuncio de Estrella Damm.

Verán ustedes, señores creativos de Estrella Damm, nosotros somos la generación de los anuncios de televisión. Los que pedíamos a los Reyes Magos la colonia Jacq's por si venía a buscarnos aquella motorizada de curvas imposibles enfundada en cuero. Somos los JASP, esos *jóvenes aunque sobradamente preparados* que nos íbamos a comer el mundo y al final resultó que el mundo nos comió a nosotros. Los que jugando al fútbol en el patio del colegio nos levantábamos el cuello del polo y decíamos desafiantes al portero, en un primitivo francés, *"Au revoir"*, como Eric Cantona en aquel anuncio de Nike, para efectuar posteriormente un lamentable disparo que salía por encima de la valla del colegio, siguiendo una trayectoria inverosímil y poniendo en riesgo la vida de algún octogenario viandante.

Somos los que con tres copas encima cantamos a las chicas el "No puedo vivir sin ti, no hay manera" del anuncio de Ikea como si estuviéramos cantando una saeta a la Macarena. Somos los que casi nos despistamos y acabamos apoyando a Argentina en un Mundial de fútbol tras emocionarnos con un anuncio de Quilmes. Los que, ajenos a cualquier moda, creemos que aún se lleva lo de hacer el gesto del Chico Martini. Somos los que imitamos a Bruce Lee con su solemne *"Be water, my friend"*. Somos los que, a día de hoy, continuamos llamando a nuestros familiares cada 24 de diciembre y soltamos, como atrapados en el Día de la Marmota, aquello de "Hola, soy Edu, feliz Navidad".

Sí, somos esa generación. La televisión nos educó y ya no tenemos remedio ni solución.

Y ahora nos ponéis este anuncio con impresionantes puestas de sol, mar de plata y espuma, playas de arena blanca, veleros, canciones pegadizas que se te incrustan durante meses en algún resquicio de la corteza cerebral, chicas espectaculares, calas perdidas, islas paradisíacas, fiestas hasta el amanecer y alcohol a raudales.

¿Acaso creíais que, tras contemplar estas escenas, nos íbamos a conformar con ir al bar de la esquina, aflojarnos el nudo de la corbata y pedir una cerveza mientras hablamos de la convocatoria de la selección española para la Eurocopa?

Pues no. Habéis creado unos monstruos sedientos de verano. Vuestros anuncios se han convertido en el pistoletazo oficial que da comienzo a las vacaciones. Sois los responsables directos de que al llegar cada agosto huya con mis amigos lejos de la cobertura de los móviles en busca de las vacaciones perfectas, en busca de Ítaca.

Pero no es oro todo lo que reluce, queridos anunciantes.

Porque ustedes comprenderán cierta decepción en la tripulación del barco cuando luego, eufóricos por vuestros anuncios, las noches van pasando y no hemos conquistado a ninguna de las chicas que salen en vuestros anuncios.

Y en lugar de terminar con sirenas, lo que suele suceder es que acabemos compartiendo un diminuto camarote con el amigo de turno, que duerme plácidamente en calzoncillos mientras emite al dormir un ruido similar al de un manatí.

En tales circunstancias, solo queda dormirse junto al colega, mecidos por el vaivén de las olas, en una estampa de lo más ridícula, mientras uno piensa en dónde estarán las chicas de los anuncios de Estrella Damm y si nos las encontraremos a la mañana siguiente surcando las olas.

Y a la mañana siguiente siguen ahí tus amigos, recién levantados y en gayumbos, saludando al nuevo día.

Porque nunca suelen ser despampanantes chicas en bikini y piel dorada nuestras compañeras de travesía. Suelen ser, más bien, italianos vigoréxicos tatuados hasta las pestañas con maxigafas de sol, *looks* capilares sacados de *Mujeres y hombres y viceversa* y sin, aparentemente, más prenda que unos Speedo de muy dudoso gusto. O algunos marmóreos suecos que ejecutan, así de repente, acrobáticos saltos desde el mástil del barco, con doble tirabuzón, carpa y triple mortal, en imposibles escorzos con pasmosa facilidad, ante el delirio de las chicas para ya acabar de minar nuestra moral y dejarnos tocados y hundidos.

Ante tal competencia, solo nos queda contraatacar ignorando, sentados en nuestro barco, las dotes atléticas de los suecos y realizar comentarios académicos entre nosotros, como profesionales locutores de salto de trampolín de La 2: "No ha sido un salto perfecto", "Ha salpicado mucho al caer", "Le ha faltado armonía en el segundo tirabuzón". U otros comentarios ya de menor grado técnico, como: "¡Qué payaso el sueco este de los cojones!".

En definitiva, que me gusta su anuncio. Sí, ya lo he dicho. Me gusta. Me gusta porque me trae buenos recuerdos. Y me da igual que esté concebido para venderme cervezas, que todos los años sea muy parecido, ligeramente ñoño o de lo más utópico. Que me da igual. En la vida no paran de vendernos cosas a todas horas. Al menos, que me las vendan bien, con una canción bonita y, si puede ser, dejándome una sonrisa en la cara.

Hablemos de langostas

> *—¿Y por qué te gustaría ser una langosta?*
>
> *—Porque las langostas viven más de cien años, son de sangre azul, como aristócratas, y permanecen fértiles toda la vida.*
>
> Langosta (2015), Yorgos Lanthimos

Todos los que pertenecemos a la misma generación compartimos una serie de virtudes y defectos que llevamos por bandera.

Para bien o para mal.

Algunos dicen de mi generación que somos los más preparados.

Tal vez, me temo, sea mejor prescindir del *pre-* y dejarlo en los más *parados.*

Otros dicen que no tenemos aguante. Que somos unos conformistas. Que no leemos. Que no sabemos arreglar cosas. Que no entendemos de música. Que somos unos blandos.

Que si patatín. Que si patatán.

Pues bueno. Pues vale. Pues me alegro.

No voy a entrar en sesudas disquisiciones sobre qué generación es mejor o peor ni tampoco seré yo el que valore otras generaciones achicando espacios y escurriendo el bulto.

A mí me gusta mucho mi generación. Con sus cosas. Esa generación que iba medio autista con los *walkman*, la que ingirió cantidades industriales del peligrosamente adictivo Tang y la que se crio con un Darth Vader con la voz de Constantino Romero.

Era imposible que saliéramos medio normales.

Pero, al margen de todo esto, si hay una peculiaridad que nos une y que nos hace en cierta forma especiales —aún no sé si para bien o para mal—, es que somos una generación capaz de comparar cada momento de nuestras vidas con un episodio de *Friends* o de *Los Simpson*.

Este fenómeno es tan inexplicable como extendido y no deja de resultar fascinante esa rapidez mental con la que acudimos a nuestro archivo mental de capítulos de estas dos series para establecer paralelismos —e incluso extraer conclusiones— para cualquier asunto cotidiano de nuestro día a día.

Para cada situación, trivial o vital, siempre hay un capítulo de *Friends* o *Los Simpson* que refleja, minuciosamente y carcajada mediante, esa misma historia.

Así somos. Y me siento orgulloso, no crean.

Pensaba justo en esto el otro día, cuando estaba en uno de esos tugurios nocturnos de suelo pegajoso y copas infames que insisto en seguir visitando por Dios sabe qué oscura razón. Mientras me posicionaba en la barra para pedir algo con graduación alcohólica que echarme al gaznate, sacando codos, al más puro estilo Dennis Rodman tratando de capturar un rebote, me encontré con una amiga a la que hacía bastante tiempo que no veía.

Mi amiga pertenece a esa clase de chicas muy guapas (extremadamente guapas) y muy listas (extremadamente listas) que, por algún extraño misterio que nadie alcanza a comprender, siempre andan embarcadas en alguna relación con las tres tes: tormentosas, traumáticas y tóxicas.

La vida sentimental de mi amiga es como un tango: hay pasiones, traiciones, enfados, gritos, peleas, lloros, dramas, triángulos sentimentales y platos rotos.

Así pues, entre empujones y codazos, empezó a contarme su último culebrón: una turbulenta historia de amor en la distancia con infidelidades, sufrimientos y demás aditivos que convertirían *Esplendor en la hierba* en una simpática comedia de amor adolescente.

Y serían las copas, el cansancio, los recuerdos o que sonaba de fondo la espantosa *Te pintaron pajaritos,* pero la cuestión es que casi se puso a llorar. O sin el casi.

En este tipo de situaciones, mi capacidad de reacción es bastante lenta. No sé qué se espera de mí. No creo que sea lo más elegante zanjar el asunto con ese par de palmadas que solemos dar en la espalda al amigo de turno de bajón y que entre nosotros debemos de pensar que tienen un efecto milagroso, como si fuéramos capaces de curar la lepra mediante la imposición de manos. En esas situaciones, con una chica mi rapidez de reflejos es similar a la de un oso disecado.

Y entre sollozos me dijo:

"Es que no encuentro a mi media naranja".

Mi.

Media.

Naranja.

Lo cierto es que si hay una expresión que detesto, coronando la *lista de las cosas que más aborrezco del mundo* —e incluyendo dentro de esta categoría el queso azul, todas las canciones de Eros Ramazzotti, los atascos, la frambuesa en la tarta de queso, los libros sin marcador de páginas, la nata en el café y los anuncios de detergentes—, es esta: la de la media naranja.

Lo siento, pero no puedo con ella. Es algo superior a mis fuerzas.

El día que me muera, de hecho, quiero que en mi lápida quede escrito: «*Aquí reposa Javier Aznar: buen padre, leal marido y apasionado madridista que combatió ferozmente el uso de la expresión "mi media naranja" hasta el fin de sus días*». Creo que para encontrar la raíz de mi antipatía hacia esta expresión habría que hacer una de esas introspecciones regresivas y remontarnos a mis años de juventud, cuando se emitía en televisión un espantoso programa llamado *Su media naranja,* el cual representaba todo lo que siempre he odiado en televisión: era cursi, era casposo y era indiscreto. No lo soportaba. Luego llegó *Lo que necesitas es amor* y ya rompimos todas las barreras de la cursilería y la vergüenza ajena. Hasta el infinito y más allá. Pero ya continuaremos con mis traumas televisivos en otro momento.

Volvamos a mi amiga.

Mientras me relataba sus tribulaciones, tropiezos sentimentales e injusticias masculinas que estaban a punto de lograr que abandonara todo tipo de esperanza en el sexo opuesto —esto es, en el mío— y se metiera en un convento de monjas del Corpus Christi a hacer pastas, lo de la media naranja seguía rondándome la cabeza.

Ella buscaba una respuesta. Yo no sabía qué decir.

Ella lloraba.

Yo miraba hacia los lados buscando una salida.

Te pintaron pajaritos en el aire continuaba sonando a todo volumen.

Era, en definitiva, lo que podríamos calificar como una situación incómoda. Pero había que ser honestos.

Sabía que no iba a poder arrojar mucha luz sobre su tormentosa vida amorosa. No había ninguna amiga suya cerca para soltar un manido "Jo, tía, pasa de él". Me negaba a recurrir a esa cursilada de que su *príncipe azul* ya aparecería, como si hubiera perdido el último metro pero fuera a aparecer enseguida; porque esos de leotardos solo aparecen en los cuentos de Disney, generalmente compartiendo escena con un jabalí que habla o un candelabro que domina el francés, lo cual, llámenme escéptico, no hace sino alimentar mi teoría de que no existen tales príncipes.

Yo solo quería que cambiara eso de la media naranja.

Porque las medias naranjas no sirven para nada. Son iguales entre sí y su única finalidad en la vida es ser exprimidas para su consumo inmediato, porque si no se oxidan, se les van las vitaminas y no sirven para nada. Y de ahí, directas al cubo de la basura.

Casi preferiría un medio limón: algo con un toque ácido, de *gin tonic* en *gin tonic* y como la canción de mis queridos Circodelia.

Pero nunca una media naranja. Eso jamás.

Mientras pensaba alguna cosa que decir a mi amiga, algo hizo clic en mi cabeza y me acordé de nuestros clásicos *(Friends,* no Sócrates ni Platón) y de una broma.

"Vamos, chicos, está probado que las langostas se enamoran y se juntan para toda la vida. Y dicen que se pueden ver venerables parejas paseando en los viveros, ya sabes, cogidas de las pinzas así"

Así que el único consejo que di a mi amiga, probablemente inútil, fue que se olvidara de medias naranjas, de personas iguales, de novelas de Federico Moccia, de Jude Law en *The Holiday*, de encontrar a alguien con los mismos gustos, opiniones y preferencias, y que buscara por ahí a su media langosta.

Sí, su media langosta. Alguien con quien le guste pasear. Y punto.

Como esas *venerables langostas* de las que habla Phoebe. Sin pedir peras (ni naranjas) al olmo.

Alguien divertido con quien andar del restaurante a tomar copas o de vuelta a casa. Alguien agradable con el que hacer un trayecto en coche por las mañanas. Alguien con quien ir de compras al supermercado no sea un suplicio. Alguien con quien la cola del cine se haga corta. Alguien con quien sea llevadero esperar en el dentista.

Solo eso. Tan solo eso. Simplemente eso.

Porque la vida, al fin y al cabo, no es más que eso: un paseo. Al menos que sea divertido, ¿no?

No sé si ayudé en algo a mi amiga con la teoría de las langostas. Pero tal vez le sirva para que no le pinten más pajaritos en el aire.

El hundimiento

Pido el café para llevar. Pago, deseo felices fiestas al dependiente, me doy una palmadita imaginaria en la espalda por mi comportamiento cívico y salgo por la puerta. Y, como en un cliché de una comedia romántica mala, me topo de bruces con Ella mientras las campanitas de la puerta aún repican a mi espalda. Me saluda con una mueca de sorpresa propia de ver a un fantasma y yo sonrío tímidamente con mi cara de "Buenas tardes, señorita. No nos conocemos de nada. No nos hemos visto antes nunca. Seguiré mi camino con mi bigote, mis gafas y mi sombrero postizos. Tenga usted una buena tarde. Feliz año nuevo. Y hasta nunca". Me hago el sueco y sigo andando. Y ando. Y ando. Sin mirar atrás.

Pero la conozco. Claro que la conozco. Y tengo motivos de sobra para huir. Ella fue la causa de mi hundimiento.

Hace muchos años

Tengo dieciséis años, pájaros en la cabeza y unas New Balance recién estrenadas. Unas New Balance, sí. Para que luego digan que la moda no es cíclica.

Cae la tarde en Santander y huele a tormenta. Hay bandadas de estorninos revoloteando histéricos perdidos. Cómo odio a esos pájaros. Pero a mí me da igual. Porque vengo de comprarme unas New Balance y estoy exultante y ufano, con esa inexplicable seguridad que le dan a un adolescente unas zapatillas nuevas. Estoy como un niño con zapatos nuevos en el sentido más estricto y puro de la expresión. Me estoy dirigiendo a clase de inglés. Llevo en el Discman un disco de The Replacements. "Te vas a quedar sordo, te van a estallar un día los tímpanos", me repite siempre Tere, mi profesora de inglés.

La semana anterior había conocido en una fiesta juvenil a una chica. A *la chica*. A los cinco minutos de estar hablando con ella, pensé que tal vez podía estar ante la mujer de mi vida. *Spoiler:* no, no lo era.

Ya he dicho que tengo dieciséis años, pájaros en la cabeza y unas New Balance recién estrenadas.

Voy andando por una zona en obras —justo detrás de mi calle— pensando en mis cosas —"¿la volveré a ver?", "¿debería llamarla?", "¿le intereso?"— al ritmo de The Replacements.

Y entonces, ¡oh, bendita casualidad!, la veo. Está al otro lado de la calle. Tiene que ser una señal divina.

There she was just walkin' down the street

Singin', "Do wah diddy, diddy, dum diddy do".

Saludo levantando la mano. Y me dispongo a cruzar la calle como si estuviéramos en 1954, ella fuera mi novia viéndome en la grada y yo acabara de hacer un *home run* con los Tigers de Detroit. Sonrisa de ganador. Pose estudiada. Andares de galán. Pecho palomo. Elegancia *carygrantiniana*. Con el *tumbao* que tienen los guapos al caminar.

Me voy acercando. Un coche pasa silbando como un miura que con los pitones rozara el muslo al torero. Me da igual. Soy invencible. Ya puede pasarme un tanque por encima. Tengo unas New Balance nuevas y al otro lado de la calle está la chica que me gusta. A mí el pelotón.

Soy el amo del mundo. Soy Julio César cruzando el Rubicón. Soy Neil Armstrong dando un pequeño paso para el hombre y uno grande para la humanidad.

Y la patata galopándome entre las costillas. *Patapam. Patapam. Patapam.* Estoy a apenas cinco pasos. Qué zancada tengo. Qué estilo. Estoy imparable. Y entonces me hundo.

Me hundo.

Me hundo en el sentido más literal de la expresión.

Porque acabo de caer hasta la cintura en una zanja con cemento fresco. Y me hundo.

Soy el Titanic. Soy España en el Mundial de Brasil. Soy Lehman Brothers en 2008. Soy las tropas napoleónicas en San Petersburgo.

Desconozco si alguno de ustedes, mis queridos lectores, ha tenido la oportunidad de nadar en cemento, pero déjenme decirles que no es el medio más propicio para esta práctica deportiva. Es como sumergirse en una especie de tanque con una miel granulada y gris mezclada con arenas movedizas.

Pero volvamos a la escena.

Cuando ya estoy metido hasta la cintura, veo todo a cámara lenta. Veo la cara de horror de Ella. Veo a los obreros con unos chalecos reflectantes gritándome. Veo a un niño con la boca abierta, un balón en una mano y un bocadillo en la otra. Veo a una señora mayor riéndose. (Espero que esté en la caja de pino ya, señora).

—¿Pero no has visto la señal, chaval? —me pregunta uno de los operarios que viene a mi rescate.

—¿Qué señal ni qué señal? —respondo con mi voz digna.

Me giro y veo un cartel gigantesco con un NO PASAR enorme, un dibujo de un hombre tachado y un *Do not cross* debajo, erigido en plena calle como un tótem.

—Ah, *ese cartel.*

Veo que a Ella se le empieza a salir la risa por la boca. Yo no estoy enfadado. Sigo adoptando una pose de naturalidad. "Oh, sí, un chapuzón en cemento fresco es lo mejor para favorecer la circulación". Dos obreros me ayudan a salir sacándome como a un becerro que se ha caído en el pozo. Ya no me queda nada de dignidad. Creo que tendré que mudarme a una ciudad nueva y empezar de cero con un nuevo nombre.

Cuando ya estoy fuera, ella se ríe tan fuerte que me siento tentado de volver a sumergirme en el cemento. Fuera caretas. Hablo un poco con ella fingiendo naturalidad. Pero al poco tiempo noto que se empiezan a solidificar mis pantalones. El cemento se está secando ¿Y si se me petrifican las piernas aquí mismo?

Echo a correr en dirección a mi casa. Siento las piernas cada vez más rígidas y voy salpicando cemento a mi paso. Al llegar, mi madre me mira entre indulgente, agobiada y preocupada mientras me arranco los pantalones. Una madre nunca debería pasar por el trance de ayudar a su hijo a quitarse unos pantalones de cemento. No se lo merece.

Por supuesto, la chica pasó de mí tras el incidente del cemento. Yo ya me daba por satisfecho con el hecho de que no estuviera en mi colegio. Con un poco de suerte, solo tendría que estar esquivándola un par de años más y todos los veranos del resto de mi vida.

La zapatilla derecha recubierta de cemento de mis New Balance estuvo expuesta una temporada en la cocina de casa como si fuera una obra de un escultor postmodernista o la Bota de Oro de un futbolista.

Siempre queremos ser distintos de lo que somos. Otra cosa. Cambiar. Mejorar. Crecer. En las entrevistas de trabajo o en los perfiles de redes sociales nos vendemos como algo que nunca fuimos. Una proyección de nuestras aspiraciones.

En ciertas ocasiones, como cuando me ahogo en un vaso de agua por cualquier nimiedad, pienso lo mucho que me gustaría volver a rescatar el disfraz de aquel pimpollo de dieciséis años con unas New Balance al que ni el cemento le hundía.

La tormenta perfecta

Nunca he creído que una imagen valga más que mil palabras. En mi casa no tengo álbumes, no guardo fotos de mis viajes y, cuando me gradué, dejé en una tienda la orla de la universidad para que la enmarcaran y luego jamás regresé a por ella.

Las fotos me suelen poner melancólico. No lo puedo evitar.

Siempre que hay algo que celebrar en mi grupo de amigos, mi amiga Belén monta un espectacular vídeo y yo tengo que hacer ímprobos esfuerzos por contener alguna lágrima al ver fotos antiguas.

Tal vez haya desarrollado una especie de síndrome de Dorian Gray (nota mental: averiguar si realmente esto existe) y lo que realmente me pasa es que me es insoportable no verme tan joven como en las fotos antiguas. Aunque estas sean del viernes pasado.

También puede que simplemente sea un bicho raro. No descarto ninguna línea de investigación.

A pesar de todo esto, hay una foto a la que guardo un especial cariño. La tengo desde hace relativamente poco tiempo por mi casa y me encanta. Tiene un significado muy especial. En la foto se puede ver un catamarán tranquilamente fondeado en una cala con un acantilado escarpado al fondo.

Desde hace unos años, suelo alquilar un barco en verano con mis amigos. Una buena excusa para juntarnos todos, desconectar, descansar, comer buen pescado y leer mientras se te sube el vino a la cabeza en una de esas reposadas y reconfortantes borracheras solo alcanzables al vaivén de alta mar.

Santorini, Mikonos, Slano, Mljet, Vis, Hvar, Korčula, Panarea, Estrómboli, Lipari..., recito de carrerilla los nombres mágicos de las islas por las que hemos navegado.

Páginas que quedaron escritas en *Los diarios del ron*.

El pasado verano acordamos hacer una travesía desde Mallorca a Menorca. El único con el título, el conocimiento y el sentido común necesarios para llevar un barco era nuestro amigo Lucas. El resto éramos una banda de inútiles capaces de hacer naufragar con víctimas mortales un patito de goma en una bañera.

Una norma básica en cualquier barco es que cada miembro de la expedición tenga muy claro su rol y se ciña a su cometido. El mío, desde hace años, consiste en quedarme leyendo en algún rincón, hacer la fotosíntesis e intentar que no se enrede la cadena del ancla cuando fondeamos. En fin, una labor que sería capaz de hacer con relativo éxito el ficus de una oficina.

Creo que si todavía ningún patrón me ha hecho andar por el tablón para ser pasto de los tiburones, es porque se me acaba cogiendo cariño.

Mallorca

Estamos en una noche calurosa del pasado agosto.

Mientras cenamos cerca del puerto y nos ponemos al tanto de nuestras andanzas veraniegas, decidimos tomar un par de copas con el firme propósito de volver temprano al barco y así amanecer a una hora cristiana, soltar amarras y poner rumbo a Menorca al día siguiente lo antes posible.

Como bien sospechan, el "par de copas" pasa a convertirse en media docena, chupitos de tequila, un mar de Jägermeister, *Danza Kuduro*, abrazos efusivos, coreografías conjuntas, brindis por nuestra eterna amistad y búsqueda infructuosa de algún tugurio por la isla en el que desayunar algo.

Conclusión: vuelta al barco con el sol en lo alto, los zapatos en la mano y la vergüenza por los suelos.

Al día siguiente (o ese mismo día) nos levantamos rayando el mediodía, soltamos amarras y nos ponemos en marcha con muchas ganas de empezar el viaje.

No miramos el pronóstico del tiempo. No hacemos demasiados cálculos sobre la travesía. Yo me vengo arriba, probablemente aún bajo la euforia del alcohol, cojo unos mapas que encuentro por el barco y hago un cálculo aproximado del tiempo que tardaremos en llegar a cierta cala donde podremos hacer noche. Hasta me asomo a la cubierta para ver el viento mientras oteo el horizonte con cara de concentración y una mano en la frente a modo de visera.

Hace un día estupendo, el mar está muy tranquilo y la travesía es muy agradable. De vez en cuando paramos para darnos un baño, picar algo y hasta nos permitimos ir a vela un buen rato. Va todo francamente bien hasta que, de repente, se hace noche cerrada.

No se ve nada. Absolutamente nada. Ni siquiera la luna nos da algo de luz.

Y empieza una tormenta, con un viento muy fuerte y unas olas de un tamaño considerable. Todo el barco empieza a zarandearse y cruje a cada embestida. Algo no marcha bien. Es como si, de repente, Poseidón se hubiera enfadado. Mucho. Como si le acabaran de contar que su hija, la Sirenita, se ha quedado embarazada del cangrejo Sebastián.

Y todo empieza a ir mal. Bastante mal. Fatal.

Los patines del catamarán se sumergen con cada ola. El agua pasa por encima de nosotros, golpeando con violencia el barco.

Miro a mis amigos. Hay uno verde —verde pistacho— echando por la borda hasta su primera papilla. Otro está atrincherado tras una mesa. Un tercero directamente no quiere ni mirar y está con la toalla echada por encima. Como si eso le fuera a proteger.

Podría contar otra versión, pero tampoco es que yo me encuentre en esos momentos como uno de esos aguerridos marineros de los anuncios de Neutrogena —que no sé qué hacen, pero sus manos sufren mucho—, trepando por un mástil.

No, la verdad es que yo estoy tieso como una vela, sin apartar la mirada de un punto fijo en el horizonte para no marearme con ese incesante zarandeo mientras sujeto la botavara, que no para de hacer un ruido diabólico *(gññe, gññe, gññe).* "Podemos naufragar —pienso—, pero me niego a hacerlo, encima, con este tétrico ruido como banda sonora". Al mismo tiempo que todo esto, no dejo de rezar en silencio oraciones a san Gennaro, patrón de los marineros en Nápoles, según acabo de leer en un libro de John Fante.

Querido san Gennaro:

Jefe, no nos conocemos y nunca te he rezado nada. De hecho, no conozco a nadie que se llame Gennaro. Pero, por lo que más quieras, sácanos de esta y no nos dejes hundirnos.

Por lo menos a mí.

Y justo cuando pienso que ya nada puede ir a peor, el bueno de Lucas se gira hacia mí y, sin perder la calma, me pregunta:

—Oye, ¿sabemos dónde están los chalecos salvavidas?

Los. chalecos. salvavidas.

"Vamos a morir todos", pienso; como siempre, tratando de ver el vaso medio lleno.

Que el patrón te pregunte por los chalecos salvavidas es algo tan tranquilizador como estar en un avión y que el piloto pregunte a los pasajeros por el altavoz: "Oigan, ¿alguno de ustedes sabe cuál es el botón del tren de aterrizaje? Es que entre que voy borracho y el humo del incendio que tenemos en la cabina, me estoy liando…".

Y me lo pregunta muy tranquilo. Sin perder la calma. Como si fuera lo más normal del mundo.

"¿Qué prefieres: pasillo o ventana? ¿Muslo o pechuga?".

Trago saliva, hago de tripas corazón, aparento tranquilidad y me meto hacia el interior con el mismo espíritu festivo que un condenado enfilando el corredor de la muerte.

Aquello es como estar dentro de un lavadora en modo centrifugado *express*. Las maletas vuelan. La comida rebota contra las paredes.

Buscar unos chalecos salvavidas en medio de una tormenta es una experiencia tan placentera como cavar con una pala tu tumba en el desierto.

Doy con los salvavidas. Y con las bengalas.

Porque yo ya me veo, con el barco hundiéndose, de rodillas sobre la cubierta lanzando bengalas al más puro estilo Nicolas Cage en *La Roca.*

Pasa el tiempo y nosotros seguimos tratando, en vano, de encontrar una cala para resguardarnos hasta que pase la tormenta. Pero no hay forma. Todas las que pasamos resultan inaccesibles debido a la violencia de las olas, que nos mandarían directos contra las rocas.

Cuando ya estamos casi como Eneas al perder Troya —*"la única salvación para los vencidos es no esperar salvación alguna"*—, el bueno de Lucas consigue meternos en una cala sin ver absolutamente nada.

Y el mar, de golpe, se convierte en una balsa de aceite.

Estamos salvados.

Esa noche, tras un baño nocturno y un *gin tonic,* dormí a pierna suelta.

A la mañana siguiente, me desperté el primero de todos mis amigos —fenómeno que no ocurría desde 1992— y salí a echar un vistazo a la cala.

Y lo que vi mientras amanecía, con el olor del mar en calma mezclándose con el del café haciéndose, fue algo tan espectacular que nunca lo olvidaré.

Fue como pasar del invierno a la primavera en cuestión de minutos. Y clic.

Hice esa foto.

Y ahora, cada vez que las cosas vienen mal dadas, cuando la crisis agita mi barco, cuando las sacudidas marean, cuando miro al cielo y solo hay nubes negras, cuando parece que jamás va a dejar de llover, cuando la primavera nunca termina de llegar, miro esta foto y pienso que, siempre, tras la tempestad viene la calma.

Cada vez que veo esa foto se me dibuja una sonrisa en la cara que aún no ha nacido tormenta que me la borre.

Los placeres y los días

Adoro los placeres sencillos; son el último refugio de los hombres complicados.
Oscar Wilde

Hace bastante tiempo, una lectora mexicana me envió un *mail* sugiriéndome que escribiera un *post* sobre mis *guilty pleasures*. Contesté que por supuesto, que cómo no, que marchando, que ahora mismito. Acto seguido, me metí en Google para enterarme de qué iba esa vaina, porque a mí lo de *guilty pleasures* me sonaba a título de película noventera interpretada por Winona Ryder.

Resulta que los *guilty pleasures* pertenecen a esa clase de placeres que uno nunca confesaría en público por miedo al qué dirán. Como que el *Wrecking Ball* de Miley Cyrus te parece un temazo (culpable) o que no tienes problema en comerte la grasa del chuletón cuando nadie te mira a pesar de que te sientas luego un monstruo sin escrúpulos como Hannibal Lecter (doblemente culpable).

Pero lo curioso de estos *guilty pleasures* es que no son transgresiones en el sentido estricto de la palabra. Como escribe Jennifer Szalai en *The New Yorker:*

"Que te diviertan las inocentes correrías de Bridget Jones es algo percibido como un guilty pleasure. *Que te guste participar en depravadas y salvajes orgías propias del marqués de Sade no".*

Ese genio del humor llamado Ricky Gervais sostiene que el *guilty pleasure* más genuino y puro que conoce es *El padrino,* porque realmente uno se posiciona claramente del lado de la *familia.* Algo parecido pasa con *Scarface.* Vas claramente con el mal. Esto debería despertar cierto sentido de culpabilidad.

Yo pensaba que no tenía *guilty pleasures.* "Eres un fulano con personalidad", me decía delante del espejo. Pero les confesaré que últimamente me estoy percatando de situaciones en las que decido obviar, no defender públicamente e incluso posicionarme en contra de algunos de mis placeres secretos. Y me he sorprendido a mí mismo. Y me he repudiado. "Es por no dar largas explicaciones", trato de justificarme.

Pero no habría que darlas. Si algo te gusta, te gusta. Y punto.

Así que he decido hacer catarsis, ponerme delante del foco y enseñar los muertos de mi armario:

Disfruto enormemente con todas las películas de monstruos, siempre y cuando sean marinos. No me valen robots ni dragones ni dinosaurios. Tienen que ser marinos. *Conditio sine qua non.*

Cuando era pequeño me asomaba al balcón de mi casa de Santander y miraba a la bahía. Solo deseaba que emergiera de esas aguas un gigantesco reptil y destruyera todo a su paso. Mis penosos dibujos de aquella época dan fe de esta turbia obsesión. Y admito que he leído más de lo públicamente confesable sobre el monstruo del lago Ness —hace poco, de hecho, circuló por las redes una foto de Google Earth con una sospechosa sombra en el lago y por poco salgo a la calle gritando como un enajenado: OS LO DIJE, OS DIJE QUE EXISTÍA, SIEMPRE LO CREÍ, SIEMPRE LO CREÍ—. Me muero por ver la nueva película de Godzilla y no una película sueca subtitulada.

Tengo debilidad por las chicas con mucha nariz. Siempre que voy con mis amigos, me señalan alguna chica con una prominente napia cuasijasídica, como la doctora Cuddy en *House*. Y me derrito. "Esa chica es muy de tu estilo". Y sí, siempre aciertan. He intentado buscar alguna razón antropológica para explicar este raro fenómeno o hallar una rama de antepasados judíos en mi árbol genealógico que justifique esta filia, pero supongo que el corazón tiene razones que la razón no entiende.

Hay una canción de Jarabe de Palo que me gusta (mucho): *Toca mi canción*. Y negaré haber escrito esto delante de un tribunal. Diré que todo es un error, que me suelten, que yo estaba escuchando un disco de Wilco.

Las Ruffles York'eso. Es la mayor guarrada que el ser humano ha podido crear junto con la Coca-Cola con sabor a vainilla y unos chicles Boomer sabor a natillas —sí, a natillas— que compraba de pequeño en el quiosco debajo de mi casa y que probablemente el Ministerio de Sanidad, el Defensor del Pueblo, la OMS o la ONU acabó retirando de la circulación y enviando al Área 51 como material clasificado junto a los alienígenas de Roswell. ¡Unas patatas fritas industriales de bolsa con sabor a sándwich de jamón york con queso fundido! Bien, pues no concibo hacer un viaje en coche de más de una hora sin ellas.

No sé si es por el sabor o por los recuerdos de viajes con amigos que ya no están cerca.

Las *Chicas Gilmore.* Las protagonistas, madre e hija, eran unas repelentes, listillas, cursis que tenían ese tipo de relación materno-filial tan enrollado-desenfadado-*cool* que siempre he detestado. Pero me parecía una serie muy divertida y ágil. No tenía osos polares en islas ni metanfetamina azul ni mafiosos de New Jersey ni transcurría en los muelles de Baltimore. Solo eran una madre, una hija, un pueblo y una cafetería. Pero el guion a veces hacía magia. Y que me perdone Sorkin.

Leslie Nielsen. Me desternillo de risa con este tipo canoso y no lo puedo remediar.

El Kindle. He sucumbido. Yo, que había jurado amor eterno al papel. Yo, que siempre dije que sería fiel al olor de los libros. Me he pasado al lado oscuro. Y ahora no puedo vivir sin este cacharro. Voy a las librerías y no puedo mirar a los ojos a los libreros que me conocen por si pueden ver en mí la traición. Mi teoría es que, lejos de ser bienes sustitutivos, son perfectamente complementarios, que uno cubre las necesidades que el otro no da.

La mayonesa. "Ella me bate como haciendo mayonesa" es la décima sinfonía que nunca compuso Beethoven, la quinta estación de Vivaldi, el sonido de las puertas del cielo de Bob Dylan, el *Ave María* de Schubert en las bodas, la *Marsellesa* latina. Es miel para mis oídos. Miel.

(Ahora la estoy escuchando a todo volumen. Es perfecta). (Ya está).

(Esperen, un *repeat.* La última. La última y lo dejo).

(Acabo de descubrir, gracias a Spotify, que los creadores de *La mayonesa* tienen un *hit* llamado *El baile de la bananita*).

(Voy a dar al *play)*.(Mala idea). (Pésima idea). (¿Algún médico en la sala que pueda practicarme una lobotomía y borrar esta letra de mi cerebro?).

Helen Mirren me parece muy, muy, muy atractiva. Y tiene setenta y un años. Lo que me hace plantearme muchas cosas.

Las noveluchas negras con detectives marlowescos que van de duros y dicen "nena" a rubias fatales que siempre traen problemas en bares con mucho humo y tienen que resolver asesinatos sangrientos con finales esperados. Toda la literatura *pulp* que antes se vendía en quioscos y que se escribía en cuestión de una semana. La devoro.

Un futbolín. No puedo ver uno y no jugar. Y perder, porque soy malísimo. Y retar a un doble o nada a cualquier desconocido. Y volver a perder. Y echar la culpa a mi portero. Y que me terminen sacando a rastras de ahí como si estuviera en un casino. Me tengo terminantemente prohibido jugar al futbolín, porque pierdo la noción del tiempo-espacio y el respeto al dinero. Cuando me invitan a jugar, desdeño la invitación con un cortés "No me apetece, jugad vosotros" para no dejar salir al monstruo que llevo dentro.

La *pizza* fría. Oh, dulce ambrosía. Manjar de los dioses. Ya lo decían en *30 Rock*.

"Revenge is a dish best served cold, Jack. Like sashimi or pizza".

Toy Story 3. He llorado dos veces en mi vida en un cine. Una fue con *Gran Torino* y otra con *Toy Story 3*. Tuve que deshacerme de todos los testigos que estaban en la sala. Uno tiene una reputación de tipo duro que mantener. (O la tenía).

Confesaré, a pesar de ser repudiado y tachado de hereje, que me gusta el lambrusco. No me lapiden aún. No digo que me parezca un buen vino, desde luego. Pero es un trago agradable. De vez en cuando alguien en una cena dice que el lambrusco es un vino infame y que solo les gusta a chicas sin paladar. Y yo me río, JA, JA, JA, con esa sonrisa de culpabilidad que tendría un vegetariano en una barbacoa. Pero dame *pizza* y lambrusco y llámame tonto. Y que nos quemen juntos en la hoguera.

Leer el *Hola* en sala de espera de mi dentista —que es mi tío— y esconderlo rápidamente como si fuera una revista porno en cuanto vienen a avisarme para que entre.

Los *sándwiches*. O cualquier cosa que venga emparedada entre dos rebanadas de pan. De verdad, cualquier cosa. (Uno de mis *posts* pendientes es recopilar los mejores sándwiches de Madrid. Y estoy a punto de terminarlo. Un trabajo de investigación de años).

Esta canción: *A Thousand Miles,* de Vanessa Carlton. Recuerdo hace bastantes años, en Estados Unidos, un día que fui al cine con un amigo de Vermont en su Saab —uno de mis coches favoritos y hace poco me enteré de que ya no se fabrican, para mi enorme disgusto—. Sonaba un disco con la música *hippie* que siempre escuchaba —Grateful Dead o Phish—, como buen *hippie* que era. Y de pronto, en mitad del disco, comenzó a sonar esta canción. Y se hizo un silencio estrepitoso, como si acabáramos de atropellar un ciervo. Mi amigo, sin quitar las manos del volante y mirando fijamente a la carretera, dijo con voz trémula:

—Es que es una canción preciosa.

Y yo me sumé:

—¡Y qué piano!

Ese piano aún me sigue cautivando.

El bosque. A todo el mundo le espantó esta película de M. Night Shyamalan, el director de *El sexto sentido,* y yo salí totalmente fascinado del cine. Pero fascinado de "*Wow,* madre mía, ¡qué inesperadísimo final!, ¡qué locura todo esto!". Aún, a día de hoy, no he encontrado a nadie que le gustara esta película. Y no puedo evitar sentirme como si estuviera conduciendo por una autopista en dirección contraria sin que nadie me diga nada. La veo bastante a menudo.

Laura no está.

Sí.

La de Nek.

Qué quieren que les diga. Me vengo arriba cuando la escucho.

A lo mejor se me ha ido de las manos esto de confesar mis perversiones. Estos son los muertos de mi armario. Supongo que ustedes tendrán los suyos. Espero que los confiesen y no quedarme solo a la intemperie de la verdad.

Comprenderé que muchos de ustedes me retiren el saludo cuando nos crucemos por la calle. Yo creo que haría lo mismo con alguien que confesara públicamente su amor por *Laura no está.*

Pero al final, como dice Dave Grohl, cantante de los Foo Fighters, "*I don't belive in guilty pleasures, I believe you should be able to like what you like. If you a like a fucking Ke$ha song, listen to fucking Ke$ha*".

¡Sos tan *fashion!*

Es divertido escribir para una revista como *Elle*. Siempre hay chicas muy guapas y estilosas por la redacción, café bueno, te invitan a eventos interesantes y, de vez en cuando, te cruzas con alguna modelo de piernas largas.

Pero también implica ciertas responsabilidades.

Por ejemplo, estar a la última. Saber qué está *in*. Saber si decir que algo "está a la última" o "está *in*" sigue estando *in*(que no lo tengo nada claro).

Al principio tenía la sensación de que no podía escribir para un revista como *Elle* sin estar al tanto de lo que estaba de moda en cada momento. No podía permitirme dejar salir a la luz al primitivo cavernícola que realmente habita en mí porque entonces adiós a las chicas guapas y estilosas de la redacción, adiós al café bueno y adiós a las modelos con piernas largas.

Tenía que hacer algo.

Así pues, torpemente, como cualquier proceso autodidacta, fui navegando por las nuevas tendencias. Qué cócteles bebían la *it girls* del momento en los bares de Nueva York. Qué era eso del *floral print.* Qué diseñadores jóvenes estaban teniendo éxito en la Semana de la Moda de París. Qué red social era la que estaba pegando fuerte.

Y la tarea no fue fácil. Porque servidor, como Jack Lemmon en *El apartamento,* siempre ha vivido como un náufrago en una isla desierta, ajeno a todo tipo de modas y tendencias.

Pero me fascina salir a la calle y observar esas modas que se convierten, de la noche a la mañana, en verdaderos fenómenos virales. Como los carteles del *keep calm,* la vuelta de las terribles hombreras, el *afterwork,* los colores flúor, el hipsterismo, las tachuelas —se os fue mucho de las manos este tema, que a veces uno ya no sabía si estaba cenando con una chica o con un armadillo—, el *vodka tonic* o el Candy Crush.

Y me fascina porque no entiendo nada.

Últimamente, como parte de mi proceso de aprendizaje, he estado anotando algunas de estas nuevas tendencias y modas que observo por la calle, en conversaciones, en bares y en restaurantes.

Tendencias que, por supuesto, no comprendo demasiado.

1. Las fotos *selfies*

De un tiempo a esta parte, parece que todas las chicas (y chicos) del universo se han puesto de acuerdo para autohacerse fotos (el denominado fenómeno *selfie),* posando en todas ellas del mismo modo y siguiendo meticulosamente este orden:

Morritos Mick Jagger.

Gesto ligeramente ladeado, prestando especial atención al efecto caída lateral en cascada del pelo.

Dedos en señal de victoria, *Churchill style*.

Y me tiene preocupado. De verdad. Hago ímprobos esfuerzos por tratar de entender qué gracia o interés puede existir en hacerte fotos a ti mismo y, además, salir en todas ellas exactamente igual. Y no hallo respuesta.

De hecho, hace unos días, leía con bastante estupefacción que se ha puesto de moda hacerse este tipo de fotos en los funerales. Sí. Una idea tan brillante como el *balconing* o el *eyeballing*.

A los que tenemos el encanto fotogénico de Chandler siempre nos ha fascinado en el fondo la gente que posa en las fotos.

2. Los *hashtags*

Hace unos días leía un artículo interesante sobre Jack Dorsey, el creador de Twitter, y me pareció realmente curioso cómo contaba en la entrevista la revolución que había supuesto Twitter en el lenguaje popular. Ahora todo el mundo identifica rápidamente signos como @xxx, un RT o los famosos *hashtags* (#), las almohadillas de toda la vida, que me tienen muy desconcertado.

Porque ahora, cada vez que abro Instagram, me encuentro con una catarata de *hashtags* aparentemente inconexos, como palabras escogidas al azar, sin orden ni concierto.

De este modo, cuando ahora alguien sube, por ejemplo, una foto de su plato de macarrones con queso, te encuentras a continuación con algo como esto: #ñamñam #yummy #instafood #hidratos #happy #moments #impossibleisnothing #energía #rainbow #sunshine #BFF #vintage #instamoment #Obama #instalife #Madrid2020

#summer #memories #yeah #like #mmm #foreverandever #hakunamatata #skyisthelimit #Messi #instagood #healthy #party #rocknroll #autumn #fall #Italy

#dontworrybehappy #RyanGosling #unicornios

Y no lo entiendo demasiado, la verdad. De hecho, hay momentos en los que dudo si realmente me encuentro ante algún tipo de mensaje en clave para el enemigo, como cuando durante la Segunda Guerra Mundial los espías mandaban mensajes ocultos en los crucigramas del periódico.

3. El emoticono de la sevillana

De verdad. Basta. Por favor. No podemos contestar a todo con un emoticono de una sevillana dando palmas. Hemos creado un monstruo vestido de gitana. La sevillana dando palmas ya es una lengua cooficial del Estado. Es el nuevo esperanto.

"Quedamos a cenar a las 8". SEVILLANA DANDO PALMAS.

"Te paso a buscar en coche". SEVILLANA DANDO PALMAS.

"Compra leche y queso rallado". SEVILLANA DANDO PALMAS.

"Se ha muerto mi hámster". SEVILLANA DANDO PALMAS.

Además ya no se manda una sevillana de forma independiente y esporádica. Ahora se envían ejércitos de sevillanas, como si fueran tropas romanas en formación de ataque colonizando tu *whatsapp* a ritmo de palmas.

También estoy observando últimamente, no sin cierto recelo, un incremento en la popularidad del emoticono de un mono tapándose la cara. Que no sé qué puede significar realmente, pero la cuestión es que no dejo de recibirlo.

Paremos esta locura. Aún estamos a tiempo. Entre todos podemos.

4. *Hipsters vs. antihipsters*

La primera vez que escuché el término *hipster* fue hace un par de años, mientras daba un paseo con mi amigo Luisón por el barrio de La Condesa, en el DF. "Aquí es donde viven los *hipsters*", me dijo, pronunciando *hipster* con un impecable acento americano. Pese a no tener ni idea en aquel momento de a qué se estaba refiriendo con eso de *hipster*, opté por no parecer un españolito desfasado y asentí con convencimiento, emitiendo un sonoro *ajá* mientras me fijaba atentamente en la gente que pasaba a mi lado tratando de buscar un patrón común que me diera alguna pista sobre esa nueva y misteriosa tribu urbana.

Al poco tiempo de volver a Madrid, ya al tanto de lo que era realmente un *hipster*, empecé a oír el término por todos lados. A todas horas. De repente, todo era *hipster:* las camisas de cuadros, llevar barba o bigote, los sombreros, las coderas, la pana en cualquiera de sus manifestaciones, Apple, las cámaras de fotos Leica, Instagram, los cárdigan, la música folk, Starbucks, las bicicletas, tu padre...

Pero lo más curioso es que, tras el advenimiento del fenómeno *hipster* he observado recientemente el surgimiento de "patrullas *antihipsters*", un movimiento contracultural que controla los niveles de *hipsterismo* de la ciudad. Los *hipsters* ahora viven perseguidos como los comunistas en EE UU en la época de la caza de brujas de McCarthy. Así que, si se le ocurre salir a tomar algo con sus amigos y lleva una camisa de cuadros, barba de tres días y unas New Balance —yo tengo unas del año 2003, pero me da miedo ponérmelas—, es muy probable que en cuanto un amigo le vea, le espete algo del estilo:

—¿PERO DE QUÉ VAS DISFRAZADO? ¿QUÉ TE CREES QUE ERES? ¿UN LEÑADOR? ¿BON IVER? ¿AHORA VAS DE *HIPSTER?* ¿EH? ¿ERES UN *HIPSTER?* ¿TE VAS A DEJAR BIGOTE Y A COMPRARTE UNAS GAFAS DE PASTA, MODERNITO?

5. El *cronut*

Estoy viviendo con auténtico pavor y estupefacción el desembarco de este engendro pasteloso en todas las reposterías y *tiendas cuquis* españolas. Si dicen que cuando Estados Unidos estornuda el mundo se resfría, podríamos asegurar que cuando una estupidez se pone de moda en Manhattan en España montamos una religión en torno a ella.

Primero fueron los *muffins,* luego los *cupcakes* y ahora llega esto. Vamos de Guatemala a Guatepeor.

El *cronut (croissant* + donut) es el paradigma de esa obsesión por querer cambiar las cosas que ya funcionan perfectamente tal y como están. Si Homer Simpson viera lo que están haciendo con sus rosquillllas, se quemaría a lo bonzo frente a la pastelería del creador de esta diabólica creación en señal de protesta.

6. El *running*

Aunque soy un firme defensor del *mens sana in corpore sano,* hay que admitir que nos estamos poniendo algo intensos con esto del *running*, otrora *footing*. Es un no parar de anuncios con frases motivadoras para correr *("Yesterday you said tomorrow")*, de recorridos que la gente comparte en todas sus redes sociales con sus entrenamientos diarios y hasta cadenas de *mails* (sí, cadenas, porque no puedes escapar de ellas) para apuntarte a carreras de todo tipo, distancia y duración.

Sin ir más lejos, el otro día estaba corriendo por el Retiro cuando me paré a estirar junto a la estatua del Ángel Caído. Mientras me tomaba el pulso —convencido de estar sufriendo una parada cardiorrespiratoria—, un grupo de tipos ataviados con mallas, gorras, cortavientos, zapatillas supinadoras y demás *gadgets* se paró a mi lado a realizar sus profesionales estiramientos. Debí de despertar en ellos cierta ternura, porque, tras un breve y cordial intercambio de impresiones, se les activó el modo Testigos de Jehová y me ofrecieron, muy insistentemente, unirme a su grupo de *running*.

Que si es muy divertido. Que si es un plan estupendo. Que si conoces a mucha gente. Que si ya luego nos apuntamos todos juntos a carreras. Que si ya verás.

Esto se quedaría en mera anécdota si no fuera porque justo al día siguiente, en el vestuario de mi gimnasio, un tipo al que he bautizado para mis adentros como Diógenes —por su afición a filosofar sobre cualquier tema completamente desnudo y con la toalla al hombro a modo de toga— me ofreció también salir a correr con él y su "grupo de *running*".

No dudo de las nobles intenciones de ambas ofertas, pero, en fin, digamos que me parece un poco excesivo apuntarme a algo como un grupo de *running*. De momento, prefiero "la soledad del corredor de fondo" de la que hablaba Sillitoe:

> "Es estupendo ser corredor de fondo, encontrarse solo en el mundo sin un alma que te ponga de mal humor o te diga lo que tienes que hacer. A veces pienso que nunca he sido tan libre como durante ese par de horas en que troto por el sendero de más allá de la puerta y doblo por el roble aquel de tronco pelado y enorme barriga del final del camino. Todo está muerto, pero bien, pues ha muerto antes de haber vivido; no ha muerto después de haber vivido. Así es como yo lo veo".

7. Las patatas paja

De un tiempo a esta parte vengo comprobando con cierto horror que en muchos restaurantes *cool* de la Villa y Corte se ha puesto de moda acompañar las viandas con ese diabólico invento de las patatas paja, ese quiero y no puedo de patata frita.

Son un invento atroz y no hay ninguna forma lo suficientemente operativa de comerlas. Mucho crujido y poco sabor. Es como un plato de pequeñas ramas de árbol. Prefiero como guarnición una ensalada de alambre de espino y cristales antes que esto de las patatas paja.

¿Patatas fritas? Siempre.

¿Patatas panaderas? Venga.

¿Patatas cocidas? *Not my cup of tea,* pero podemos alcanzar un acuerdo.

¿Patatas paja? Fuera de mi vista, hereje.

Recuperemos el sentido común y volvamos a la patatas fritas, uno de los mejores inventos alumbrados por el ser humano.

8. Las fiestas de disfraces

Durante este mes de noviembre me han invitado a tres fiestas de disfraces. A tres. Y de temáticas muy diversas: Halloween, personajes de series de televisión y años veinte (qué daño ha hecho *El gran Gatsby*).

Conozco a niños de ocho años con menos fiestas de disfraces que yo a lo largo del año.

Odio disfrazarme. Siempre lo he odiado. Siempre lo odiaré.

Tal vez sean viejos traumas que arrastro desde que mi madre me obligó en una ocasión a disfrazarme de cuadro de Miró en un concurso de disfraces de mi colegio. Sí, han leído bien: de cuadro de Miró. Yo quería disfrazarme de Butragueño, de Superman o de vaquero, como cualquier niño de la época, pero mi madre se sintió creativa. Y tuve que salir de esa guisa delante de todo mi colegio. Trata de explicar con siete años a un repetidor de BUP que vas disfrazado de *cuadro surrealista con ciertos toques fauvistas e impresionistas*. A ver cuántas collejas te caen.

La cuestión es que no me divierten las fiestas de disfraces. Nada. Pero, por algún extraño motivo, esto de las fiestas de disfraces es un asunto que entusiasma a las chicas.

Las únicas fiestas de disfraces a las que me habría gustado asistir fueron la fiesta Black & White que organizó Truman Capote en el Hotel Plaza y la legendaria *toga party* del inolvidable John Belushi al ritmo de *Shout* en *Desmadre a la americana*.

Ah, eso sí que eran fiestas de disfraces de verdad.

9. Las series

Tenemos que admitirlo. No pasa nada. Hemos perdido el norte con las series. Yo, el primero. Admitirlo es el primer paso. Sin ir más lejos, me he calzado, en menos de un mes, la primera temporada de *Orange is the New Black* (altamente recomendable) y todo *Breaking Bad* de una manera completamente enfermiza y compulsiva. Y mi amigo Luis me confesaba el otro día sobre la barra de un bar que se había enchufado cuatro temporadas de *The Wire* en apenas dos semanas. Estamos mal. Necesitamos ayuda.

De hecho, ahora que he acabado *Breaking Bad*, siento un vacío enorme dentro de mí. Está siendo tan doloroso como una ruptura. Veo algún capítulo de otra serie, pero, en fin, no es lo mismo. Aún es demasiado pronto. No estoy preparado para nuevas aventuras. Solo quiero hablar de ella.

Un signo inequívoco de que has perdido el juicio con alguna serie es cuando te sorprendes a ti mismo tomando unas copas con unos amigos y pensando en tu fuero interno: "¡Qué diablos estoy haciendo aquí, con lo bien que estaría ahora mismo bajo mi edredón nórdico viendo alguna serie!".

Y sabes que lo has hecho.

10. El vermut

Este sábado, mientras tomaba el aperitivo con un amigo, escuché a unas chicas en la mesa de al lado decir que el vermú era el nuevo *gin tonic*.

Y quise llorar por dentro.

Vivo atemorizado con la idea de que el vermú, esta bebida de elegante color rubí y efectos letales a la hora del aperitivo, se ponga de moda y sea el comienzo del fin, como le pasó al GT.

Estas son algunas de las modas que creo que van a ser *the next big thing*.

Para algunas ya llegamos demasiado tarde. Para otras, sin embargo, aún estamos a tiempo de salvarnos.

#picoftheday #cronut #guardian #frappuccino #running #yeah #cute #follow #justdoit #hipster #asereje #vermut #quitateeltop #summer #Batman #orangeisthenewblack #yippikayye #ELLE #Sostanfashion #vintage #HalaMadrid #pink #instamood #smile

Tengo que estar IN.

Una mariquita en la ensalada

Hace ya bastantes años me encontraba cenando con un amigo en una terraza de Londres. Poder cenar al aire libre en Londres ya es un fenómeno bastante inolvidable de por sí. Cuando nos trajeron los platos, mi amigo detectó un objeto extraño no identificado en su ensalada césar. Lo cogió, con sus largos dedos haciendo de pinzas, y lo examinó con detenimiento. Era una mariquita. Y justo a continuación hizo algo asombroso: depositó con suma delicadeza la mariquita a un lado de la mesa, cogió el tenedor y siguió comiendo su ensalada tranquilamente. Como si nada.

Me quedé atónito. Como escrupuloso e histérico oficial, no daba crédito a que siguiera cenando sin que le cambiaran la ensalada ni denunciarles ante Sanidad. Se limitó a encoger sus enormes hombros y, con esa sonrisa de zorro suya, me dijo:

—Mira, estamos en Londres, hace una agradable noche de verano. ¿Cada cuánto ocurre algo así? ¿Crees que me voy a alterar ahora por una mariquita? Sigamos hablando, por favor.

Fue tal su tranquilidad y dominio de sí mismo exponiéndome estos hechos que me recordó a uno de esos maestros de kung-fu en cuyo abdomen puedes partir una tabla de madera sin que sientan ni padezcan. Tal vez la de mi amigo no fuera la decisión más higiénica del mundo. Sin embargo, sí fue la más pragmática y sensata. Yo habría estado dando vueltas a lo de la mariquita toda la noche y parte del día siguiente. Mi amigo, en cambio, ya se había olvidado del asunto a los cinco minutos.

Siempre me pareció una historia muy ilustrativa sobre la importancia relativa que damos a nuestros problemas. Problemas a veces tan insignificantes como un insecto y de los que, sin embargo, hacemos un mundo. Esas mariquitas capaces de hacer descarrilar trenes. Como el cuento del guisante bajo la cama que no dejaba dormir a la princesa.

Hace poco coincidimos en una boda de un amigo común. No nos veíamos desde hacía tiempo. Estábamos los dos en un apartado, disfrutando de una noche limpia que nos hizo recordar aquella de Londres del incidente de la mariquita, cuando me comentó que unas pruebas médicas le habían dado un resultado malo. Aún era pronto para sacar conclusiones. Le esperaba por delante un rosario de dudas e incertidumbre. Pero me lo dijo con aquella misma tranquilidad de maestro de kung-fu. Con esos hombros enormes. Con esa sonrisa de zorro.

—Esto no es más que otra mariquita en mi ensalada.

Me dio un golpe en el hombro y se fue a por una copa.

Atardecer en Manhattan

Nueva York es una ciudad que vive obsesionada de manera permanente con la última novedad. Siempre he pensado que esto es por su temor a envejecer. Tiene pánico a dejar de sentirse la más viva, radiante y moderna de la fiesta. No quiere que le cuenten las cosas. Quiere ser ella la primera. En todo.

Por eso en Nueva York no es que hasta el más tonto te haga relojes, es que encima los vende. Y a precio de oro. Tan solo hay que rebautizar cualquier idea de toda la vida bajo un nombre ingenioso o un acrónimo pegadizo y el *new yorker*, un estado mental más que un gentilicio, acudirá como abeja a la miel. Esto es lo que ocurrió hace unos años con el *cronut*, hijo bastardo del *croissant* y el donut que el pastelero Dominique Ansel creó, supongo que aburrido durante una tarde lluviosa, jugando a ser el doctor Frankenstein de la repostería. A los pocos días, sin embargo, la cola en la puerta de su pastelería de la calle Spring daba la vuelta a la manzana. Nadie quería ser ese paria social que todavía no conocía el sabor de un *cronut*. La última sensación gastronómica que ahora ocupa los suplementos dominicales es el *brunchwich*, contundente mazacote consistente en emparedar dentro de un mismo *bagel* todo lo que cabría habitualmente en un *brunch*. Un desayuno para *hobbits*. Te lo puedes comer, lo puedes usar como pisapapeles o lo puedes presentar ante un jurado como arma blanca en la escena de un crimen. Otra obsesión recién adquirida por la ciudad es la fiebre por los zumos detox y el té matcha. Todas las chicas van por las calles libando de vasos verdes como si hubieran pasado por la Thermomix a su iguana.

También son únicos a la hora de rebautizar barrios enteros. Revitalizan una zona, buscan un nombre que sea original y pegadizo (Meatpacking, FiDi, Alphabet City, DUMBO) y, ¡bum!, los precios de alquiler comienzan a dispararse en barrios hasta entonces decadentes y abandonados a su suerte.

Recientemente el mediático divulgador científico Neil deGrasse Tyson acuñaba el término *Manhattanhenge* para referirse al fenómeno del solsticio de verano, instante preciso del atardecer en el que el sol se alinea perfectamente con las calles de Manhattan, dando lugar a un espectáculo visual, fotografiado ya hasta la extenuación. Este fenómeno solo se da dos veces al año. Pero esto lleva ocurriendo desde que el verano es verano y desde que Manhattan es Manhattan. Solo había que ponerle un nombre. Porque a un *new yorker* le pides que te acompañe a ver el atardecer y te suelta un bufido. Le hablas de ir a ver el #Manhattanhenge y lo tendrás haciendo cola sin rechistar durante una hora. Tenía razón Don Draper: lo que llamamos amor fue inventado por tipos como él para vender medias. Solo había que ponerle un nombre.

Hoy todos los periódicos locales abren con el Manhattanhenge, que se calcula que se producirá a las 20:28. Se nota que es verano y que no hay muchas más historias que contar, aparte de la última ocurrencia de Trump. Así que, con mi libreta en la mano, decido ir a ver qué es esto del Manhattanhenge.

20:02

Salgo de la boca de metro de la 42 media hora antes de que el #Manhattanhenge haga su aparición. He pensado que se podrá ver bien desde el viaducto de Park Avenue. Pero nada más salir del metro veo a lo lejos a un grupo de japoneses encaramados como *castellers* alrededor una farola del viaducto, lo que me hace sospechar que mi idea, lejos de ser original, también se le ha ocurrido al resto de la isla.

20:09

Efectivamente, el puente de Park Avenue que lleva a la Grand Station está colapsado con palos de *selfies,* instagramers, japoneses, turistas y otras tribus urbanas, todos buscando el mejor hueco para esa foto que enmarcarán y colgarán en todas las redes sociales cual cabeza de rinoceronte sobre la chimenea, *hashtag* #nofilter mediante. Es tal la aglomeración formada que los vehículos comienzan a no poder avanzar. Nadie parece entender lo que está sucediendo al ver a una multitud congregada mirando al horizonte como si pertenecieran a una secta rara. El conductor de una camioneta Ford baja la ventanilla y me pregunta algo asustado si han llegado los extraterrestres.

20:14

Como buen misántropo, empiezo a agobiarme enseguida al verme rodeado de tal cantidad de desconocidos y de coches pitando. Estas cosas me pasan por jugar a ser periodista. Los callejones de Faluya son un barrio residencial al lado de una calle repleta de taxistas neoyorquinos enfurecidos. Un taxista desesperado se baja para insultar a todos los allí presentes haciendo gala de tal apabullante abanico de insultos y procacidades que haría sonrojarse al capitán Haddock.

20:17

Diviso en medio del gentío a una pareja de recién casados, vestidos todavía de novios, que han venido a hacerse una fotos. Intento acercarme a ellos, pero de pronto les pierdo de vista, engullidos por la marea de gente. Espero que al menos fueran felices el breve tiempo que estuvieron casados.

También veo por los alrededores a una familia compuesta por dos adolescentes enfundados con la camiseta del Athletic de Bilbao acompañados de su padre con un polo rojo con el cuello levantado en el que se lee BILBAO-BILBO. Aunque tengo sospechas, me quedo sin averiguar su procedencia. A mi lado, un hombre lleva el *New York Times* debajo del brazo. Parece muy pálido. Observo que tiene un tatuaje enorme del símbolo de la medicina: la serpiente enroscada alrededor de la vara de Esculapio dentro de la estrella de seis puntas, que representan las seis obligaciones del médico. Justo debajo se puede leer SANGRE DIABÉTICA. Posiblemente sea el tatuaje más práctico que he visto desde *Prison Break.*

20:19

La gente empieza a disparar fotos sin ton ni son. Entre la multitud, una mujer me alcanza a su hijo pequeño y yo, metido en el papel en medio de la masa, estoy a punto de besarlo como si fuera el papa o un político en plena campaña electoral. Resulta que lo que la mujer quiere —y así me lo comunica mediante signos— es que me suba al niño a hombros para que pueda ver mejor el espectáculo. Este es el tipo de peaje que pagamos los altos. Pero nadie hablará de esto en los periódicos.

20:30

Las nubes no dejan ver el #Manhattanhenge con claridad. Se respira cierto aire de decepción entre los asistentes. Pero no pierden la fe y siguen haciendo guardia en el puente, apostados como si el sol fuera a volver a salir al escenario a hacer un bis.

21:00

Vuelvo a casa en metro. En mi vagón hay un tipo tocando esa canción de despedida que Warren Zevon escribió a su mujer cuando ya estaba moribundo: "*Keep me in your heart for a while*". Somos cuatro gatos los que estamos en ese tren de la línea 6. Tiene la voz rota, pero bonita.

Viene a mi cabeza esa fascinación por el metro de Nueva York que siente Bill Hayes: "*El metro de Nueva York es fascinante. Todos los vagones de todos los trenes de todas las líneas guardan una sorpresa, una efímera muestra aleatoria de humanidad confinada en un mismo espacio. Nunca sabes a quién puedes encontrarte o quién se puede sentar a tu lado. No me gusta leer o cabecear cuando voy en metro, porque eso supondría perderme las mejores vistas; por ejemplo, cuando dos trenes salen a la vez del mismo andén y los ves compitiendo cuerpo a cuerpo, cada uno en su vía, como dos caballos de carreras".*

El tipo de la guitarra acaba su canción. Quiero aplaudir, pero me da vergüenza. Sale algo apresurado, sin pedir dinero. Le veo perderse por el andén de Bleecker Street. El resto de pasajeros nos quedamos mirándonos entre nosotros, con una extraña sensación de abandono.

A veces los mejores espectáculos apenas tienen audiencia. Solo hay que ponerles un nombre.

Los días acuáticos

Al salir de casa he sentido en el aire esa extraña y deliciosa mezcla de fresca tersura y de dulzura mórbida que tienen los primeros días de primavera.

Josep Pla

Yo, como los patos del Retiro, noto que la primavera ha llegado oficialmente por la temperatura del agua en mi estanque. En cuanto siento que el agua de la piscina del gimnasio está un par de grados más fresca, ya sé que no hay marcha atrás. Adiós, invierno. Hola, ir por la calle sin calcetines.

Mientras nado esos primeros largos agradables del año, con los tímidos rayos de sol filtrándose por la cristalera y calentando poco a poco el agua, una duda me asalta: ¿cómo puede llegar alguien a odiar la primavera? El único motivo que puede hacerme comprender tal aberración es arrastrar algún tipo de trauma infantil, como que un enorme cartel de *"La primavera ha llegado a El Corte Inglés"* aplastara a tu abuela delante de ti o que una novia te dejara por el encargado de una floristería y la simple visión del nacimiento de unos lirios te sumerja en la más profunda de las tristezas. No se me ocurren más motivos.

Muchos enemigos de la primavera coinciden en señalar, entre ataques encadenados de estornudos, a la alergia como la causante principal de este odio irracional. La alergia al polen nunca puede ser un argumento de peso para odiar los días de primavera, si acaso es un pequeño peaje a pagar a cambio de circular por una autopista con vistas bonitas. Pero nunca comenten esto delante de un alérgico: están muy sensibles en esta época del año.

La primavera es el momento perfecto. Y la vida está hecha de momentos. Ese empezar a dormir con una pierna fuera del edredón. Poco a poco. Sin hacer locuras. Que yo no me quito el edredón nórdico hasta que no se desploma el primer guiri por un golpe de calor. La primavera es las tormentas caprichosas. Las noches en manga corta. Los parques cerrando más tarde. Las terrazas llenas. El primer helado de la temporada. La Feria del Libro. Volver a andar descalzo por casa. Nadar por placer.

Lo que más me gusta de esta época del año es que supone el comienzo de muchas cosas que van a acabar en breve. Me gusta ese tipo de sensaciones. Como meterte en un cine o un viernes que pronto será lunes. Hay una belleza inabarcable, casi mágica, en lo efímero. La inclinación hacia la primavera en lugar del verano como momento favorito del año es un gusto que se adquiere con la edad, como pasa con el café o con las pelirrojas. Ya lo decía Gil de Biedma en uno de sus poemas más bonitos, *Barcelona ja no és bona:*

Y eso que ya a mis años
se empieza a agradecer la primavera.

Como buen ciclotímico, mi estado anímico es muy cambiante y depende de factores externos como el clima, la luz o el juego del Real Madrid. Por eso, en cuanto llegan los primeros días de primavera y los colores empiezan a colonizar las calles, paseo por el Retiro medio enamorado sin saber de quién, saludando a desconocidos. Me cambia. Me mejora. Me siento más generoso. Más ligero.

El portero de un edificio de Santander, adonde iba a clases de inglés, solía usar una expresión cada vez que me veía estos días primaverales a primera hora de la mañana, con ese olor a mañana temprana, a barrido y fregado y a buena suerte que tanto le gustaba a Hemingway: "¡Hoy hace un día acuático!". Tenía el mismo efecto vigorizante que una taza de café.

Lo dicho: es inabarcable la belleza de lo efímero. Sobre todo en los días acuáticos.

Jugando a ser David Foster Wallace

Cuando uno se dispone a escribir algo sobre David Foster Wallace, enseguida siente el impulso de comenzar a usar palabras esdrújulas y soltar alguna sesuda reflexión posmoderna sobre un tema aparentemente trivial. Y poner todo perdido de notas a pie de página. Un ejercicio tan ridículo como dejarte el pelo largo y empezar a cubrírtelo con un pañuelo para dártelas de escritor torturado.

Todas las chicas que me gustaban leían a Foster Wallace. O a Wallace-a-secas, tal y como me corrigió una de sus apasionadas lectoras con mucha solemnidad. Y yo decía en cafés envueltos de humo que también, que claro, que por supuesto, que cómo no me iba a gustar a mí David Foster Wallace (¡Wallace!), con lo ilustrado, moderno y leído que yo era. Pero en realidad jamás había leído nada suyo, salvo los nombres de sus libros en los lomos de esos tochos que veía de refilón en los estantes de Crisol.

Siempre tuve buena memoria, así que podía recitar sin esfuerzo cuatro o cinco títulos para impresionar a la chica de la camiseta de Soundgarden. Incluso a veces decía algún título en inglés cuando ya me empezaba a recrear en mi estafa, borracho de atención, como un Madoff esperando con media sonrisa a que todo el tinglado se le viniera abajo. Años más tarde, cuando los Crisoles cerraron, cuando Soundgarden dejó de sacar discos, cuando yo ya había perdido el teléfono de esa chica y no sabía ni siquiera si estudiaba Veterinaria en León o Biología en Sevilla, cayó de casualidad en mis manos un ensayo de Foster Wallace y fue como la primera vez que entré al Bernabéu o como me ocurrió con el gazpacho: siempre lo había tenido ahí delante, pero nunca había comprendido su magnitud.

Ya en la universidad intenté escribir un ensayo sobre los toros imitando descaradamente su ensayo *Hablemos de langostas.* Mi tratado pretendía ser una profunda y reposada reflexión desde una prudente equidistancia que abriera los ojos tanto a taurinos como a antitaurinos. Quería unir a esas dos Españas a través de mis palabras. Una amiga calificó mi ensayo de soporífero. Otro me dijo que no lo había entendido. Un tercero barruntó la posibilidad de tragarse una ampolla de cianuro a mitad de la lectura para acabar con la agonía.

No, nunca fue buena idea jugar a ser David Foster Wallace.

Pienso en todo esto en un café de la 18 con Houston mientras espero a que abran las puertas del Angelika Film Center. Hoy va a ser la tercera vez en apenas diez días que vea en el cine *The End of the Tour,* la película sobre los cinco intensos días que vivió David Lipsky, periodista de *Rolling Stone,* junto a Wallace durante el final de su gira de presentación de *La broma infinita*, una experiencia tan intensa que acabó siendo plasmada en un libro. Y me siento de forma inexplicable bastante impaciente por ver la película de nuevo, como el adolescente que espera en el aeropuerto a su novia. Como si las puertas de la sala 4 de ese cine fueran las del *Ministerio del Tiempo* y dentro me estuvieran esperando la chica de Soundgarden, mi yo de quince años y todos los Crisoles de Madrid abiertos.

La película es extraordinariamente bonita por su sencillez. No hay artificios ni altas pretensiones. No es un *biopic* hagiográfico de esos que salen ahora sin parar, a modo de estatua ecuestre del retratado. Son solo conversaciones grabadas en el coche, encadenando cigarros. Compras en el supermercado. Largos silencios. Bromas. Porque también eso era Wallace. Alguien a quien le gustaba ver la televisión, los discos de Alanis Morissette, los centros comerciales, leer el consultorio de la *Cosmopolitan*, el *Don't Change* de INXS, los McDonald's, *Jungla de cristal*, los perros y Barney el Dinosaurio. Y no lo ocultaba. No creía realmente ser más inteligente que los demás. Aunque lo fuera de manera indiscutible (no le dan a cualquiera la beca MacArthur para genios). Simplemente su forma de observar el mundo era distinta y única. Pero que nadie espere ver a Wallace en la película leyendo a Kafka en una furgoneta mientras va de gira. Ni arrancando furiosamente un folio de la máquina de escribir mientras grita ¡ESTOY SECO! ¡SECO! al tiempo que estrella una botella de whisky contra la pared. No hay nada de eso en la película. Solo dos personas intentando entender el mundo. Empezando por ellos mismos. Si *El halcón maltés* estaba hecho del material con el que se fabrican los sueños, esta película está hecha del material con el que se construyen los días.

Brian Koppelman comparaba recientemente a Wallace con René Redzepi, el cocinero danés de Noma: alguien que encuentra una ramita en un bosque en medio de la nada y tiene la asombrosa capacidad de presentártela de una forma especial, volándote la mente, cambiando momentáneamente tu manera de ver el mundo. Eso hacía Wallace con las ideas y las palabras. Porque uno ya no veía jamás nada de la misma manera una vez pasado por el tamiz de Wallace, ya fueran langostas, McCain o un viaje en crucero.

Hay una escena de *Birdman* con Edward Norton y Emma Stone en la azotea de un teatro en Broadway.

—¿Qué te gustaría hacerme? —le pregunta la pelirroja Stone a Norton.

—Te sacaría los ojos de la cabeza. Los pondría en mi propio cráneo. Y miraría por ahí para poder ver la calle de la forma en que lo hacía cuando tenía tu edad.

Yo le habría arrancado los ojos a Wallace para mirar la vida como la veía él. Seguramente tampoco lo habría podido soportar demasiado.

Leer a Wallace es algo casi doloroso. Ver la película también. Pero sales de ambas experiencias con una vaga sensación de agradecimiento por haber podido conocer un poco mejor a un tipo tan único.

Ya he terminado el café. Pago y me dispongo a entrar a ver *The End of the Tour*. De nuevo. En el fondo, si todavía no la han visto, les envidio: no dudaría en arrancarles los ojos para poder ver esta película o leer a David Foster Wallace por primera vez.

El frío del cuchillo

Dicen que tener un amigo con barco está bien. Yo creo que tener un amigo cocinero está mucho mejor. Cada vez que no me siento muy inspirado para cocinar, es decir, siempre, termino llamando a mi amigo Luis y me acerco a su piso en General Pardiñas para que me prepare alguno de sus suculentos platos. Unos puerros confitados con vinagreta de ceniza y almendras. O un bun de papada de cerdo cocinada en dos tiempos con salsa *hoisin* y encurtidos. O alitas de pollo crujientes sin piel con mezcla seca de especias picantes. El precio que tengo que pagar a cambio de catar estos manjares consiste en escuchar alguna entusiasta perorata sobre una receta o sobre cómo fue hasta una recóndita tiendecita especializada en productos orientales para comprar una salsa hecha a base de raíces y brotes ignotos. Un precio pequeño comparado con el impacto que tendría para mi salud alimentarme de forma sistemática de comida rápida y latas de conservas.

Es incluso mejor que tener por amigo a un cocinero con tres estrellas Michelin. Porque el mío está frustrado en su trabajo y la cocina es su válvula de escape para todas las ideas creativas que bullen en su cabeza. Así que vuelca en mí toda su pasión, sus ideas y experimentos en su importante cruzada por impresionar a su único aunque exigente cliente, es decir, servidor. Además es de La Coruña, tiene en su ADN trazas de abuela gallega, por lo que generalmente no me puedo levantar de la mesa hasta que no haya lamido las sartenes. A veces hasta me da *tuppers*. Es de los que disfrutan hinchándote como un pavo por Navidad y yo no opongo demasiada resistencia.

Pero hay otra cosa que me gusta todavía más que comer cuando voy a su casa: trastear con sus utensilios de cocina. Me chiflan. Su diminuta cocina a veces parece un laboratorio clandestino para cocinar metanfetamina con tanto instrumento sofisticado. De todos ellos, mi favorito, sin duda, es un cuchillo que compró por un dineral en un viaje por el sudeste asiático. Es como la catana de Hattori Hanzo de *Kill Bill* en versión para cocineros. Lo contemplo siempre ensimismado. Se trata de un cuchillo hecho a mano, con un mango de madera perfectamente diseñado para trabajar sin esfuerzo. La hoja del cuchillo, trabajada durante meses por un herrero japonés, es de un plateado de distintas tonalidades. Parece el lomo de un tiburón. En el taller donde lo compró le hicieron una demostración de la precisión del cuchillo cortando el listín telefónico de Singapur de un solo golpe. Como en aquel anuncio de teletienda de los cuchillos Ginsu. Creo que las demostraciones de los productos deberían hacerse siempre así. Ir a comprarte una guitarra y destrozar unos altavoces con ella o lanzar una televisión desde una ventana del hotel. Hace falta sentido del espectáculo en este país.

Aunque a regañadientes, siempre me acaba dejando usar su cuchillo y yo me dedico a cortar de un certero y letal golpe todo lo que tengo a mano: el rollo de papel de cocina, el corcho de la botella de vino, un plátano o un paquete de galletas, como si estuviera poseído por el espíritu de un samurái milenario y el de un niño de doce años al mismo tiempo. Teóricamente, el cuchillo solo se debería usar para cortar pescado, ya que si no se acaba desafilando. Pero yo no sigo órdenes. Temo que no pararé con el cuchillo hasta que consiga cortarme un dedo.

Cada vez que lo tengo en mis manos, siento nostalgia por las cosas bien hechas. Cuando los objetos se hacían para durar en el tiempo. En mi casa de Santander siempre uso una cuchara para comer cereales que es perfecta. Tiene más de treinta años, pero su funcionamiento y diseño son inmejorables. Ahora, en cambio, todo está fabricado para durar poco. Todo se queda obsoleto enseguida. Generalmente resulta más barato comprar algo que repararlo.

Es algo extensible a las relaciones. Las gastamos y no tenemos interés en hacer el esfuerzo por repararlas. Chupamos la sangre, exprimimos su utilidad y no dudamos en tirarlas luego a la basura.

No soporto cuando alguien dice que mi amigo Luis es un cocinillas. Odio esa expresión. Me suena a aficionado, al que te hace un plato resultón con cuatro ingredientes. Mi amigo Luis es cocinero aunque no trabaje en un restaurante. Del mismo modo que, cuando me invitan a dar una charla, siempre digo que jamás se califiquen como "proyecto de periodista o escritora en proceso". Lo importante es la dignidad con la que te emplees en una profesión, independientemente del título que poseas, el año de carrera que curses o la experiencia que tengas. Mi amigo Luis es cocinero porque se ha formado, ha comprado libros, ha pasado horas, horas y horas cocinando, porque renunció a un sueldo fijo por trabajar de aprendiz en una cocina, porque invierte tiempo libre leyendo sobre la materia y visitando restaurantes. Es cocinero porque compra cuchillos hechos a mano mientras nuestros amigos se ríen de él. No, definitivamente no es un cocinillas. Es cocinero.

El salto del tiburón

Cuando una serie de televisión pierde el rumbo y empieza a perder audiencia, siempre se produce un momento muy concreto, un punto de inflexión inconfundible, a partir del cual la serie comienza a ir ya cuesta abajo y sin frenos. Es cuando se decide forzar alguna situación absurda de sus protagonistas en un desesperado intento por llamar la atención del espectador. Ese momento se conoce como *el salto del tiburón* y simboliza la prueba inequívoca de que la serie está clínicamente muerta, a la espera de que algún ser compasivo la desenchufe.

El origen de este curioso nombre se remonta a los tiempos en los que se emitía una comedia setentera llamada *Happy Days.* Los guionistas de la serie decidieron intentar sorprender a su cada vez más menguante audiencia con un golpe de efecto a medio camino entre lo delirante y lo descabellado. En el ya tristemente célebre capítulo, su protagonista Fonzie, desafiado en su honor por una apuesta, aparecía haciendo esquí acuático —embutido en su sempiterna chupa de cuero por alguna confusa razón— y saltaba por encima de un tiburón —y de cualquier atisbo de lógica y sentido común—, dejando estupefactos de vergüenza ajena a los pocos espectadores fieles que aún quedaban al otro lado del televisor. La serie, sin saberlo, acababa de poner los clavos de su ataúd. La crítica fue despiadada y la serie se canceló al poco tiempo.

De aquel momento se pueden extraer tres valiosas lecciones:

1. Nunca participes en una apuesta con un tiburón de por medio.
2. Nunca hagas esquí acuático con una chupa de cuero.
3. Nunca caigas en la desesperación por llamar la atención.

Ese salto del tiburón se ha tomado desde entonces como referencia para detectar ese preciso momento en el que una serie decide inmolarse frente a sus espectadores. Otro ya clásico salto de tiburón ocurre en *Lost,* cuando al final de la tercera temporada decidieron mover literalmente la isla de sitio y sus protagonistas comenzaron a hacer inverosímiles e innecesarios viajes en el tiempo, un desesperado intento por alargar la trama de forma artificial y quitarse de encima la asfixiante presión de unos *losties* que comenzaban a exigir unas respuestas que no terminaban de llegar. Y que no llegaron nunca. O al menos no de una forma medianamente coherente.

Suelo pensar en el salto del tiburón cada vez que me llega un artículo de esos que tanto se comparten en Facebook, en los que te animan a *saltar* y *lanzarte,* frecuentemente acompañados de una foto de unos niños saltando al agua desde un embarcadero de madera. Hay mucha cultura de *atrévete, pierde el miedo* o *persigue tus sueños.*

En muchas ocasiones la salida más fácil es, precisamente, saltar. Una huida hacia delante. Lo complicado es continuar a los mandos, intentando enderezar una situación complicada. Mantener la entereza. Ofrecer soluciones cuando las ideas escasean.

En *Arma letal 4*, el gran Joe Pesci gritaba enfurecido frente a unos reporteros apostados en el puerto: "¡Nos ha atacado un jodido tiburón!". Una de las periodistas le instaba a moderar su lenguaje ante los micrófonos si quería salir en directo. Joe Pesci recapacitaba y finalmente reformulaba sus declaraciones: "¡Nos ha atacado un jodido escualo!".

Al final da igual cómo lo queramos llamar. Lo único que importa es el tiburón. El jodido tiburón. Y siempre está esperando.

El caso de Barbara Cosgrove

Todos los lunes me llegaba —y todavía me sigue llegando, no sé muy bien por qué— un correo de mi comunidad de vecinos de Nueva York a modo de tablón de anuncios: un vecino que vende su bicicleta, otro su tabla de surf medio nueva, el matrimonio del apartamento 32F que se muda a Brasil y regala su acuario, uno que vende una entrada para ver a Bruno Mars en el Garden.

Siempre me resultó sorprendente el trasiego de mercancías, mudanzas y operaciones más propias de un bazar de Oriente que se generaba en aquel edificio en apenas una semana ¡Y a mí que me cuesta tirar el suplemento del periódico de hace un mes porque me da pena! Tal vez esta reticencia a cualquier cambio y a desprenderme de mis posesiones explique por qué sigo metido en una cadena de *mails* de un edificio en el que ya no vivo.

Una mañana de verano entró un nuevo anuncio en mi bandeja de entrada: una vecina vendía su pareja de lámparas Barbara Cosgrove. El anuncio aclaraba que las lámparas eran de mesa, que estaban seminuevas, sin un rasguño, y que tan solo habían sido usadas durante unos meses. Por supuesto que yo no tenía ni la más remota idea de quién era la tal Barbara Cosgrove, pero uno ya lleva lo suficiente en este mundo para saber que un nombre propio como único distintivo de un negocio siempre es sinónimo de caro, ya sea un diseñador, un estudio de arquitectura, un despacho de abogados o un cocinero. El anuncio aportaba más datos: las lámparas habían costado 1.000 dólares hacía medio año, pero estaba dispuesta a aceptar 100 dólares por el juego. Una inversión a todas luces ruinosa. Todo esto llamó mi atención. ¿Quién se deshace de unas lámparas tan pronto? Me quedé releyendo el anuncio: "¿Por qué las vendes? ¿Qué ocultas? ¿Mataste a tu marido con una de estas lámparas y ahora te quieres deshacer del arma incriminatoria?".

Aquel cúmulo de misterios, y supongo que demasiado tiempo libre, me impulsó a ponerme en contacto con esa mujer. Tras un breve intercambio de correos, quedamos esa misma tarde en su piso. Antes bajé a la barra de Cipriani para calzarme un martini con el que aflojar esos nervios que siempre me atenazan cada vez que tengo que conocer a alguien. Tras un segundo martini, ya no tenía dudas sobre la teoría de mi vecina asesina. Si llego a pedir un tercero, llamo al FBI desde el teléfono del bar. También acusaban a James Stewart en *La ventana indiscreta* de estar loco y luego tenía razón.

Me abrió la puerta una mujer entre los cuarenta y los cincuenta, descalza, con las uñas perfectamente pintadas de rojo y los pies con pinta de untárselos con mucha Nivea. Tenía los empeines bronceados y ríos en forma de venas los surcaban. No es que sea un fetichista de los pies, pero no soy tan moderno como para que una persona me abra descalza y no fijarme en el detalle. No sé por qué vino a mi cabeza el título de una novela negra de Raúl del Pozo: *No es elegante matar a una mujer descalza.* Antes de hacerme pasar al salón, me pidió educadamente que me quitara los zapatos. Estar en calcetines con una persona que no conoces es la manera más rápida que hay de perder la dignidad.

Me fijé en sus hombros torneados: parecían esculpidos en piedra. Una parte de mí se preguntó si eran producto de nadar o de Crossfit y a punto estuve de preguntar. La casa olía de una forma muy intensa. La decoración era recargadísima, con toques orientales. Un perro enorme se acercó a saludarme a un lastimoso trote cochinero. "Le cuesta desplazarse con este calor", me dijo. Me ofreció —mi vecina, no el perro— un café que rechacé amablemente porque tenía pinta de que en esa casa solo había estevia, café ecológico y leche de cabra. Hablamos de banalidades. Qué verano tan caluroso. El aire acondicionado nos está matando.

Me llevó hasta una mesita auxiliar y me mostró las dos famosas lámparas. Eran espantosas. Pero de pronto sentí una tremenda compasión por esas lámparas que ahora ya no pegaban con la nueva decoración. Me las imaginaba disfrazadas de conejito Playboy en una primera comunión. A fin de cuentas, todos nos hemos sentido desplazados alguna vez por no encajar en sitios. Que extrapolara sentimientos humanos a objetos inanimados ya no sé si era por los martinis o porque *Toy Story* hizo mucho daño a los niños de mi generación.

Le hice una oferta a la baja por 50 dólares que no dudó en aceptar y me fui haciendo equilibrios con mis dos lámparas mientras me preguntaba qué estaba haciendo con mi vida y quién coño era la tal Barbara Cosgrove.

Ahí estuvieron unos meses haciéndome compañía. Creo que nunca llegué no ya a encenderlas, sino a enchufarlas. Pero sentía extrañamente la sensación de haber hecho algo bien. Su fealdad me ponía de buen humor.

Poco antes de tener que volver a España, puse un anuncio en el correo de los lunes: *"Se venden lámparas Barbara Cosgrove. Es una larga historia"*.

Nadie llamó.

Biznaga

Si siempre me ha encantado Oliver Sacks, fallecido recientemente, es porque era un divulgador científico capaz de explicar aspectos fascinantes del funcionamiento del cerebro de forma que alguien como yo los pudiera entender. Y hacerlo, además, de manera amena. El pasado verano estuve recorriéndome Nueva York de arriba abajo leyendo en el metro sus memorias, un considerable tocho que endosaba en el bolso a mi pobre amiga Laura Ferrero cada vez que nos íbamos a tomar vinos por ahí. Últimamente me he acordado mucho de él. De Oliver Sacks, no del bolso de Laura.

Hay un ejercicio que siempre hago cuando me enfrento a las memorias de alguien: escoger un párrafo del libro que resuma toda su vida. Sé que es injusto. Porque, precisamente para evitar ser reducido a un párrafo o a una vulgar entrada de Wikipedia, esa persona en cuestión se ha tomado la molestia de escribir 600 páginas relatando su vida, obra y milagros, de tal manera que podamos conocer su historia con el detalle y la profundidad que merece.

Pero no me siento culpable. Me gusta bucear por las páginas esperando con el arpón ese párrafo, ese único párrafo en el que alguien por fin se descubre. Cuando a través de las páginas llegas a conocer tanto a una persona como para ver, en un párrafo concreto, toda su personalidad condensada.

A veces es complicado, sobre todo con esas memorias que uno duda si están escritas realmente por esa persona. Con Oliver Sacks, en cambio, fue fácil. De su reciente autobiografía, *On the Move,* escogí este párrafo —en la página 237— que resume su forma de ser, sus inseguridades, sus miedos y sus pasiones:

"Soy tímido en contextos sociales; no soy capaz de charlar con facilidad; tengo dificultad para reconocer a las personas (esto ha sido así toda mi vida, aunque se ha agravado últimamente ahora que mi vista ha empeorado); tengo poco conocimiento y poco interés por temas de actualidad, ya sean políticos, sociales o sexuales. Ahora, además, también estoy un poco duro de oído, un educado término para definir mi sordera. Dado todo esto, tiendo a retirarme a una esquina, a permanecer invisible, esperando pasar desapercibido. Esto era demoledor en los años sesenta, cuando iba a bares gays a conocer gente; agonizaba, me retiraba a una esquina y me iba al cabo de una hora, solo, triste, pero de alguna forma aliviado. Pero si encuentro a alguien, en una fiesta o en algún otro sitio, que comparta mis propios intereses —volcanes, medusas, ondas gravitacionales, lo que sea—, entonces me vuelco en esa persona para hablar durante horas (aunque probablemente siga siendo incapaz de reconocer luego a esa persona)".

***

Hace unos días estaba cenando con un amigo periodista. Me enseñó muy ufano una foto de su hijo de cuatro años, serio y en posición de firmes, flanqueado en un parque por dos muñecos gigantes. No reconocí quiénes eran las mascotas, así que pregunté dónde estaba tomada la foto, porque parecían estar en Eurodisney. Era en el Retiro. Pero no indagué demasiado en la identidad de los bichos. Al día siguiente mi amigo publicó en *El País* un artículo muy bonito sobre la historia de esa foto. Resultaba que los animales eran de *La Patrulla Canina,* una serie de dibujos animados protagonizada por unos cachorros perrunos que tiene embelesados a su hijo y, por lo visto, a los hijos de España en general. Compartí el artículo en redes sociales y vía *mail.* Lo curioso es que tan pronto como salí a la calle ese mismo día, empecé a ver a *La Patrulla Canina* por todos lados. Esos perros parecían perseguirme como Testigos de Jehová: aparecían en los lugares más inesperados. Los veía en mochilas de niños, en tiendas, en juguetes, en pósters, en los quioscos. Hasta en el autobús unos padres estaban hablando de la serie. Parecía que, de la noche a la mañana, había despertado en un mundo postapocalíptico colonizado por unos perros parlantes que eran tratados como deidades. Un fenómeno extrañísimo. Solo me faltaba empezar a girar sobre mí mismo en mitad de la calle, como Jennifer Love Hewitt en el final de *Sé lo que hicisteis el último verano:* ¿QUÉ QUIERES DE MÍ, PATRULLA CANINA? ¿QUÉ QUIERES DE MÍ?

Al no tener niños cerca en mi vida, había vivido totalmente aislado de esto. Mi vida y las de Marshall y compañía eran ríos paralelos, ignorando mutuamente nuestras existencias. No estaban dentro de mi esfera de interés y jamás había reparado en su existencia. Y de pronto es como si alguien hubiera dado a un interruptor en mi cerebro haciéndoles visibles.

Decía que me acordaba de Oliver Sacks porque seguro que este fenómeno tiene un nombre científico, como sinalipsis, uno de esos nombres que suenan lo mismo a una condición neurológica que a un recurso literario. Y me encantaría saber cómo se llama. Cómo se llama cuando empiezas a ver por todos lados algo que antes no veías.

Un fenómeno parecido me ocurre con las palabras. Aprendo el significado de una palabra nueva en español y, como por arte de magia, esa palabra comienza a brotar por todos lados. Hace poco me ocurrió con la palabra *biznaga,* ramilletes de jazmines que se venden por la calle en Málaga, palabra preciosa pero cuyo significado desconocía. Sin embargo, en cuanto aprendí su significado empezó a aparecer la palabra *biznaga* en todos los libros que leía, en conversaciones, en el periódico. Hasta un grupo de música se llama Biznaga. Es como si estuvieran en *El show de Truman* y hubieran decidido que necesito ejemplos para aprender esa palabra.

No creo mucho en las casualidades, así que intuyo que es un mecanismo del cerebro cuando incorpora algo nuevo y desde ese momento reparas mucho más en ello cuando tu ojo u oído lo captan. Una de las cosas más gratificantes de aprender idiomas es cuando vas por la calle y, casi de la noche a la mañana, eres capaz de entender y procesar trozos sueltos de conversaciones ajenas por la calle que antes tan solo eran para ti ruido de fondo. Esa especie de nube de *bla, bla, bla* que envolvía las calles, de pronto cobra sentido y te sientes mucho más integrado.

Esto ocurre con las personas también. Hay quienes son como la Patrulla Canina. Personas que, de repente, cuando las conoces, pasan a a estar presentes en tu día a día. Casi sin querer. Personas que estaban ahí delante de ti, pero que de pronto, como si de algo mágico se tratara, un haz de luz las ilumina, dejando ver mil colores y matices distintos. Personas como las biznagas, sin las cuales has podido vivir toda la vida, pero que cuando entran en tu vida, en cuanto las descubres, inundan de un olor distinto tus calles. Y así vamos aprendiendo y creciendo. Añadiendo a nuestro pequeño vocabulario nuevas incorporaciones fascinantes.

Ojalá Oliver Sacks viviera para poder explicarme todo esto.

Amores, series y kebabs

Lo nuestro no funcionó. Y al contrario de lo que suelen decir los famosos en sus comunicados de separación, la ruptura sí fue por culpa de terceras personas. De una tercera persona muy concreta: el doctor House.

Era el año 2006 y estaba muy enamorado. O todo lo enamorado que puede estar un veinteañero sin mucha idea de la vida. Ella era guapa, descarada y le gustaban los fandangos de Cádiz. No tengo muy claro, sin embargo, cómo era yo. Si echo la vista atrás, tengo serios problemas para identificarme, para reconocerme: leía a escritores que ahora detesto, compraba un periódico contrario a mis ideas, escuchaba música rara, bebía una marca de un vodka atroz capaz de hacer vomitar a una cabra —y que sospechosamente ha desaparecido del mercado— y me tragaba, sin rechistar, las comedias románticas más infumables que había en cartelera. Supongo que el amor, o lo que fuera aquello, transforma a las personas. Mis amigos dicen que no pegábamos mucho. Lo cierto es que ni yo pegaba conmigo mismo.

No veía muchas series por aquel entonces. De hecho, pensaba que eran el cementerio de elefantes de los actores de Hollywood, una especie de retiro dorado, el Dubai de esos futbolistas que apuran su últimos años de carrera, inundados de petródolares y llevando vidas de sultanes. Pero todo cambió cuando empecé a ver House ante la insistente recomendación de un amigo. Y nos dio muy fuerte con ella. Desarrollamos un ritual sagrado e inquebrantable: todos los martes nos reuníamos en mi casa, comprábamos un kebab en un sitio no precisamente dotado de la pulcritud de un quirófano, abríamos una botella de vino, poníamos los pies sobre la mesa, y encendíamos religiosamente el canal FOX con puntualidad británica a las 22:05 para tragarnos dos capítulos seguidos de House, uno de la segunda temporada y después otro repetido de la primera. Esa era la liturgia. No fallábamos nunca. No había excusas. Luego nos quedábamos hablando hasta bien entrada la madrugada de lo que acabábamos de ver. Repasábamos las frases más elocuentes y bordes de House, buceábamos en internet en busca de algunas canciones de Ryan Adams o de Lucinda Williams que habían sonado en el capítulo de turno. Recuerdo estar hablando durante las noches de primavera en el balcón, mientras mi amigo fumaba, viendo semanalmente cómo a los árboles de la calle les iban brotando hojas al mismo tiempo que la trama de House avanzaba.

Justo la semana antes del final de la segunda temporada, la chica de los fandangos me llamó para que le acompañara a algo supuestamente importante, ni recuerdo el qué, francamente. La cuestión es que caía en el martes del último capítulo de la temporada, lo que partía en dos mi ritual sagrado, y precisamente en el día más importante. Como siempre he sido bastante alérgico a las discusiones, me inventé una excusa algo peregrina: un ineludible cumpleaños de una tía abuela muy anciana en un restaurante a las afueras de Madrid. No podría acompañarla. Qué lástima. El caso es que a un minuto de empezar el capítulo de House, ya con los pies sobre la mesa y los humeantes kebabs ante nosotros. alguien llamó al teléfono fijo de casa. Molesto por la interrupción, descolgué distraído el auricular dispuesto a despachar la llamada en 10 segundos y continuar con mi ritual. Error de principiante. Apenas fue decir *Dígame* y se oyó al otro lado de la línea el reproche, frío como cuchillo de Albacete: ¡Lo sabía!

Por supuesto, para el viernes ya me había dejado. Y bien merecido. Era una chica lista y no soportaba las mentiras. Me había pillado con las manos en la masa. No tenía defensa alguna. Pero la cuestión es que, realmente no me arrepiento de aquello. Ni un poco. No es que me sienta orgulloso, tampoco es que ganara el Premio al Mejor Novio del Año. Pero no siento ni un ápice de remordimiento.

Los años han pasado. Ya no bebo aquel vodka infame, ni desayuno pizza entre semana. También he cambiado los kebabs por ensaladas—los años pasan factura y hay que empezar a cuidarse—. Pero sigo viendo series con la misma pasión. Sigo hablando con mis amigos hasta que nos dan las tantas sobre el último capítulo de la serie de turno que nos tiene desvelados. Continúo anotando en un papelito la letra de alguna canción que escucho de refilón en un capítulo para buscarla luego en internet. Sigo sentándome, religiosamente, para ver una serie. Y me encanta.

No sé qué fue de aquella chica. Sin embargo, mientras escribo estas líneas, House me sonríe socarronamente desde la carátula de los DVD en mi biblioteca.

A veces la vida es cuestión de elecciones. Y yo elegí a House.

Agradecimientos

Gracias a mi paciente editora, Eva Serrano, por aguantar mis neuras, retrasos de entregas y dudas vitales. A Rodrigo Sánchez, por su maravilloso diseño y su talento. A David Gistau, por el prólogo y por su ejemplo. A mi director en GQ y Vanity Fair, Alberto Moreno. A Chola y a todos en la pizarra dentro del círculo de tiza. A Carmen Bejerano, Paula Llanos y todo el equipo de ELLE. A Mª del Carmen Mato, mi pepito grillo ortográfico en la sombra. A Óscar Abou-Kassem y Diego Barcala. A Jaime G. Mora. A Pablo Mediavilla. A Manuel Jabois. A Ignacio Montalvo y a Héctor Chacón.

A José Raúl Ferrero, quien tantas cosas útiles me enseñó sin que entraran en ningún examen.

A Luis Aldao, Eugenio Álvarez, Juan Aguilar, Manuel Arias, Pedro Pablo Álvarez Cabrera, Miguel Cardoso, Jabo Concejo, Mariano Espín, Félix Hernández, Borja Llordén y a Luisón Posadas. Por tantos momentos efímeros.

A Xabi Alonso. A Nagore Aranburu. A Cris Ruiz Montesinos. A Tere Bárcena. A Ángela Canosa. A Marta Blanco. A Cuchy Pérez. A Fernando Andrada.

A Marta Aguirre, Luz Álvarez Giesso y el resto de la tropa del Pinche.

A mi hermano Álvaro y a Bea.

A mi madre, que siempre me lee a escondidas y luego se hace la sueca.

A mi padre, esperando que algún día esté tan orgulloso de ser el padre de Javier Aznar como lo estoy yo de ser el hijo de Javier Aznar.

Y a Carolina, por su paciencia y generosidad. Y por quedarse siempre a esperar el siguiente taxi.

Este libro se terminó de imprimir el 19 de abril de 2017. Tal día como hoy de 1910 nace Samuel Langhorne Clemens, conocido como *Mark Twain.* Escritor estadounidense, aventurero incansable, su propia vida le inspiró obras tan populares como, *"Las aventuras de Tom Sawyer"*, *"Las aventuras de Huckleberry Finn"* o *"Un yanqui en la corte del rey Arturo"*.

Títulos publicados

1. *Anatomía poética*
J.M. Caballero Bonald y J.L.Fajardo

2. *Radical libre*
Manuel Vicent

3. *Zona de Obras*
Leila Guerriero

4. *Suspense*
Patricia Highsmith

5. *Para ser escritor*
Dorothea Brande

6. *El tiempo reversible*
Francisco Umbral

7. *Puntos suspensivos*
Ángel Gabilondo

8. *Toda la vida preguntando*
Juan Cruz

9. *Hambre de realidad*
David Shields

10. *La vida en cinco minutos*
Virginia Galvín

11. *Ensayos Bárbaros*
Jordi Soler

12. *Vidas de santo*s
Antonio Lucas

13. *Lacrónica*
Martín Caparrós

14. *Las Encantadas*
Charles Darwin y Edgar Melville

15. *El arte de perder*
F. Scott Fitzgerald

16. *Japón el paisaje del alma*
Rudyard Kipling e Inazo Nitobe

17. *Cosas que brillan cuando están rotas*
Nuria Labari

18. *Largo viaje inmóvil*
Doménico Chiappe

19. *Mientras haya bares*
Juan Tallón

20. *¿Pero qué broma es esta?*
Miguel Ángel Aguilar

21. *Leer es un riesgo*
Alfonso Berardinelli

22. *Un abuelo rojo y otro abuelo facha*
Juan Soto Ivars

23. *La impotancia de no entenderlo todo*
Grace Paley

24. *Constantinopla*
Théophile Gautier Y Konstantínos Kaváfis

25. *América*
Manuel Vilas

26. Nuevas lecturas compulsivas
Félix de Azúa

27. *No somos refugiados*
Agus Morales

28. *El último pistolero*
Raúl del Pozo

circulodetiza.es

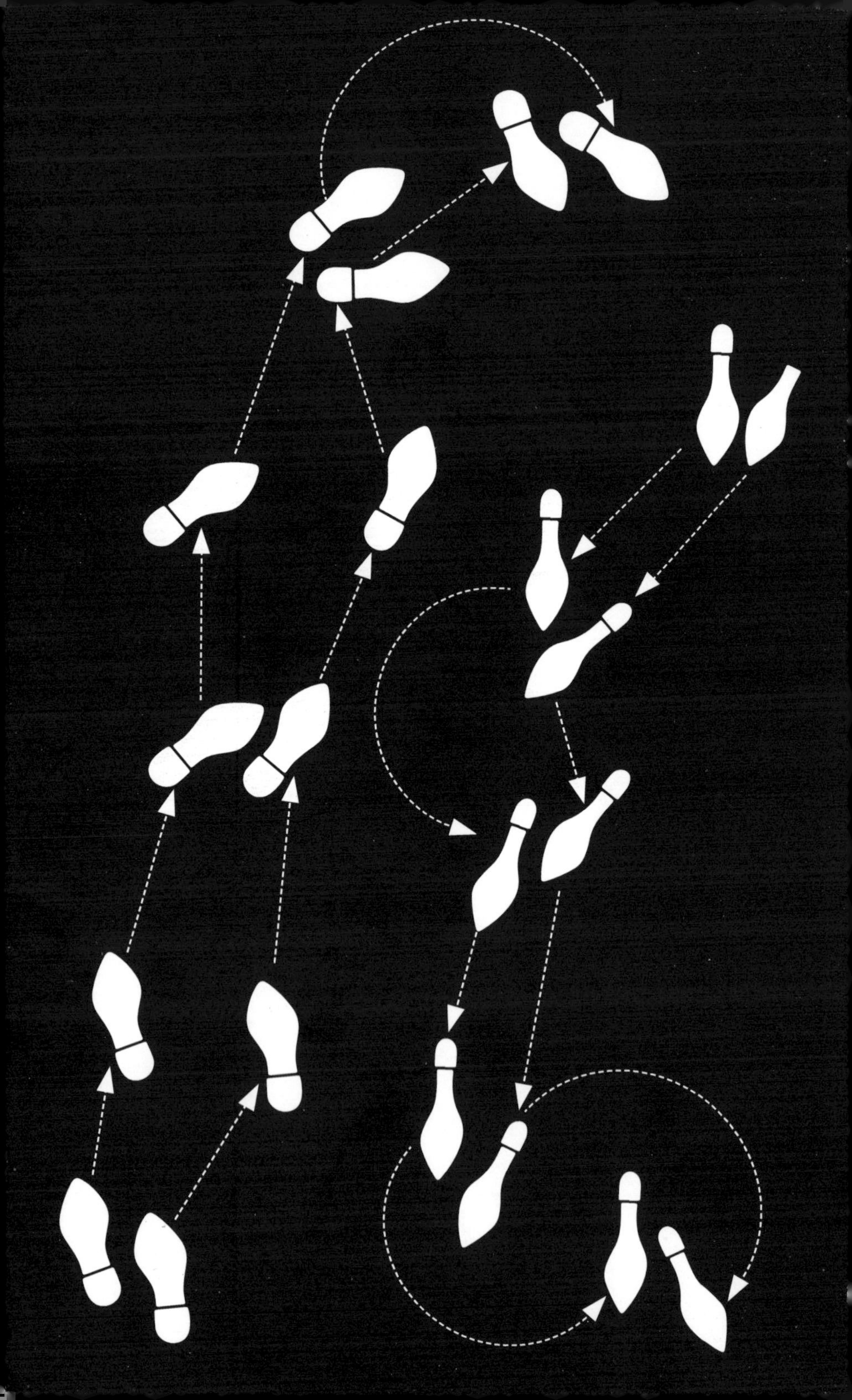

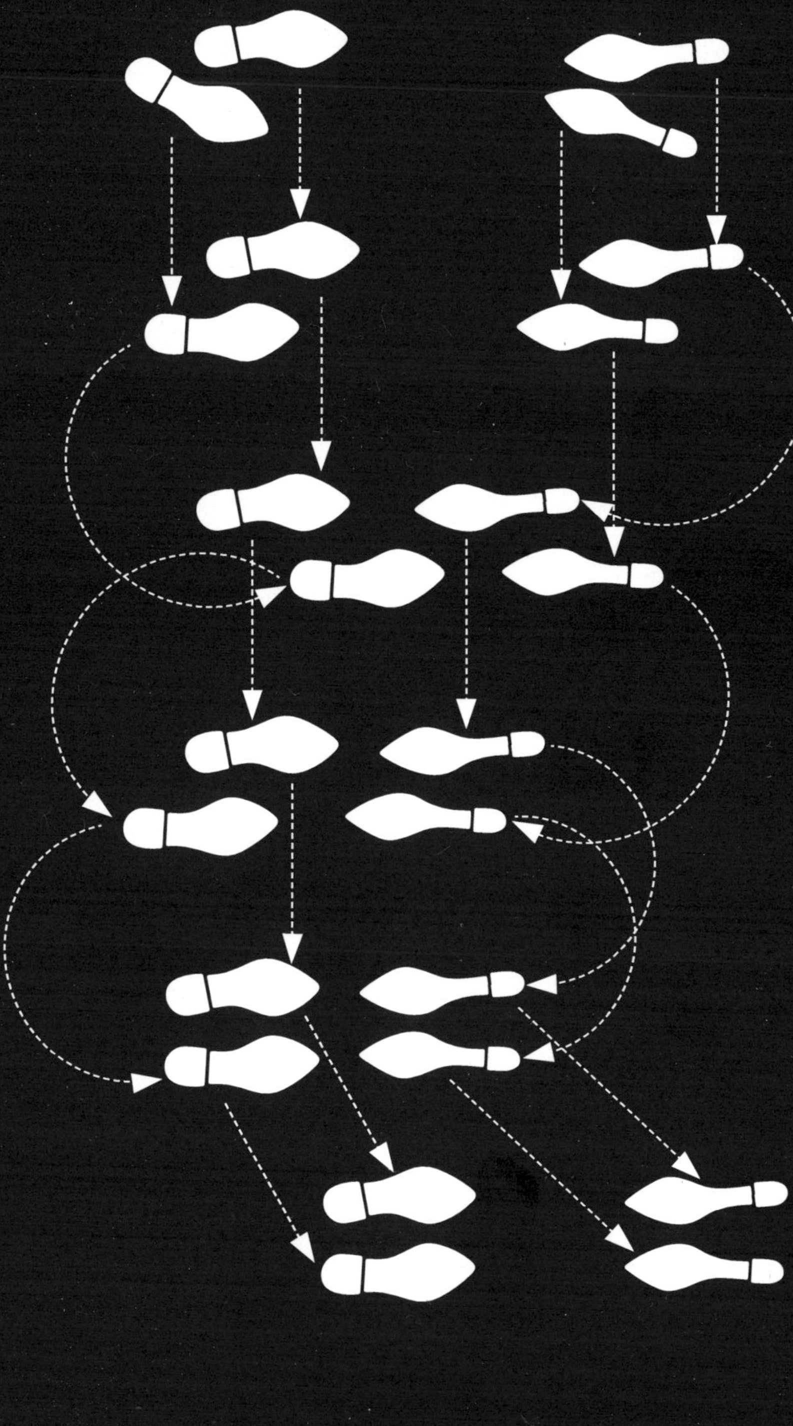